Helen Brooks

Bodas en Italia

Editado por HARLEQUIN IBÉRICA, S.A.
Núñez de Balboa, 56
28001 Madrid

© 2012 Helen Brooks. Todos los derechos reservados.
BODAS EN ITALIA, N.º 2171 - 1.8.12
Título original: In the Italian's Sights
Publicada originalmente por Mills & Boon®, Ltd., Londres.

Todos los derechos están reservados incluidos los de reproducción, total o parcial. Esta edición ha sido publicada con permiso de Harlequin Enterprises II BV.
Todos los personajes de este libro son ficticios. Cualquier parecido con alguna persona, viva o muerta, es pura coincidencia.
® Harlequin, logotipo Harlequin y Bianca son marcas registradas por Harlequin Books S.A.
® y ™ son marcas registradas por Harlequin Enterprises Limited y sus filiales, utilizadas con licencia. Las marcas que lleven ® están registradas en la Oficina Española de Patentes y Marcas y en otros países.

I.S.B.N.: 978-84-687-0351-0
Depósito legal: M-20614-2012
Editor responsable: Luis Pugni
Fotomecánica: M.T. Color & Diseño, S.L. Las Rozas (Madrid)
Impresión en Black print CPI (Barcelona)
Fecha impresion para Argentina: 28.1.13
Distribuidor exclusivo para España: LOGISTA
Distribuidor para México: CODIPLYRSA
Distribuidores para Argentina: interior, BERTRAN, S.A.C. Vélez Sársfield, 1950. Cap. Fed./ Buenos Aires y Gran Buenos Aires, VACCARO SÁNCHEZ y Cía, S.A.
Distribuidor para Chile: DISTRIBUIDORA ALFA, S.A.

Prólogo

Veinte años antes

Piper Kindred estaba harta de que la despreciasen chicas que pensaban que solo merecía la pena hablar del color de su brillo de labios y de dónde se compraban la ropa. Y también estaba harta de que los chicos, que no sabían cómo tratarla y por eso no le hacían caso, le faltasen al respeto.

No encajaba en ninguna parte y por eso odiaba el colegio. Había cambiado de centro y todavía no tenía amigos, y si el resto del tercer curso iba a seguir siendo así, prefería estar en casa montando a caballo o aprendiendo a atrapar becerros con una cuerda.

Llevaba dos días soportando burlas en los recreos y aquel no iba a ser distinto.

–Mira qué cinturón lleva.

–¿Y cómo se puede llamar Piper? ¿Qué nombre es ese?

–¿Has visto su pelo? Parece un payaso.

Piper puso los ojos en blanco. Aquellas chicas estaban consiguiendo ponerla nerviosa, pero no iba a permitir que lo supiesen.

No era la primera vez que se metían con su pelo y su ropa. Le gustaban la franela y las botas, al fin y al cabo, era hija de Walker Kindred. ¿Es que nadie sabía que era toda una leyenda? Qué tontos. Ni siquiera sabían que su padre era famoso.

¿Y por qué no se olvidaban de su pelo? Aunque fuese naranja y rizado, no tenían por qué reírse de él. A ella le gustaba ser diferente a todas las demás.

–No les hagas caso.

Piper, que estaba en la zona de juegos, se giró y vio a un chico que le sacaba por lo menos una cabeza. Tenía el pelo moreno y despeinado y los ojos azules más brillantes que había visto nunca. E iba vestido con una camisa de franela. Era evidente que eran los dos únicos niños que merecían la pena del colegio.

–No les hago caso –le respondió ella, levantando la barbilla de manera desafiante–. Ni me importan esos niños asquerosos, ni este tonto colegio.

Él se echó a reír.

–Soy Ryan Grant. He pensado que a lo mejor estabas cansada de jugar sola y querías un amigo.

–Pues no. Esos perdedores no tienen ni idea de lo increíble que es mi cinturón –dijo Piper–. Me lo regaló mi padre después de ganar el título de la PRCA el año pasado.

El chico retrocedió y arqueó las cejas.

–¿Tu padre ha ganado el título de la PRCA?
–Sí.
Él sacudió la cabeza.
–No hace falta que mientas para hacer amigos.

Piper puso los brazos en jarras y fulminó con la mirada a aquel niño tan pesado.

–No tengo que mentir porque mi padre es el mejor del mundo. No hay un potro salvaje que no pueda montar.

O tal vez sí, pero su padre seguía siendo el mejor.

–¿Cómo se llama tu padre? –le preguntó Ryan con escepticismo.

–Walker Kindred.

Ryan se echó a reír.

–Es mentira.

–Me da igual lo que pienses. Yo me llamo Piper Kindred y Walker es mi padre. Y estoy segura de que tú no sabes nada de rodeos. Es probable que ni siquiera sepas lo que quiere decir PRCA.

–Asociación de Vaqueros de Rodeo Profesional –contestó él rápidamente–. Y conozco a Walker Kindred.

–Entonces, ¿por qué dices que estoy mintiendo?

–Porque… eres una chica. Y nunca he conocido a ninguna chica que sepa de rodeos.

Ella se preguntó por qué los niños eran tan tontos.

Suspiró y deseó que se terminase el recreo para poder volver a clase y concentrarse en su trabajo, y para que el día se terminase cuanto antes.

–Da igual –comentó–. Si vas a ser igual de estúpido que el resto, no me importa lo que pienses.

Él se cruzó de brazos y sonrió.

–De acuerdo, tú me has hecho una pregunta, ahora te voy a hacer yo otra a ti, a ver si eres capaz de responderla.

Piper no podía más, así que cerró el puño y le golpeó la nariz. Ryan aterrizó en el suelo y ella le dijo:

–No tengo tiempo para imbéciles que piensan que soy una mentirosa. He crecido en los circuitos de rodeo, Walker es mi padre y, si quieres decir alguna otra estupidez, te daré otro puñetazo.

Ryan sacudió la cabeza y se puso en pie. Sorprendentemente, estaba sonriendo.

–Das buenos puñetazos... para ser una chica.

Piper lo fulminó con la mirada, a pesar de que, al parecer, acababan de hacerle un cumplido.

–¿Quieres que quedemos después de clase? –le preguntó Ryan, llevándose la mano a la nariz para ver si estaba sangrando.

Piper supuso que se acababa de forjar un vínculo entre ambos, así que asintió.

–De acuerdo, pero no pienses que por ser una chica no sé nada de rodeos.

Ryan se echó a reír.

–No te preocupes, pelirroja.

Ella suspiró, oyó el timbre y fue hacia clase.

Si lo peor que le decía Ryan era pelirroja, tal vez se convirtiese en su único amigo.

Capítulo Uno

Piper Kindred miró con incredulidad el coche deportivo de color negro. Se le encogió el corazón y sintió náuseas. No era posible.

Cielo santo. No podía ser una casualidad. El coche estaba destrozado y había cristales en la carretera, alrededor del BMW, que estaba del revés y que había chocado contra un camión.

Como paramédico, Piper había visto muchos accidentes y horribles escenas, pero nunca había sentido tanto miedo como al ver aquel coche... Era el coche de su mejor amigo, Ryan Grant.

La ambulancia acababa de detenerse cuando ella se bajó con su maletín en la mano y echó a correr. Era noviembre y el sol le calentó la espalda mientras se acercaba al lugar del accidente.

El médico que había en ella estaba deseando atender a las víctimas, la mujer que era tenía miedo de lo que iba a encontrarse.

Una vez más cerca, clavó la vista en el interior del vehículo y se sintió aliviada al verlo vacío. Ryan no se había quedado atrapado en él, pero ¿cuál sería el alcance de sus heridas?

Oyó las sirenas de las ambulancias, la policía

y los bomberos a su alrededor y buscó a Ryan con la mirada, esperando verlo sentado en la parte trasera de una ambulancia con una placa de hielo en la cabeza, pero su deber era asistir a quien la necesitase... no buscar a las personas que eran más importantes para ella.

Se aproximó al camión, alrededor del cual había más policías, y vio a un grupo de hispanos desaliñados, con cortes y hematomas, y no pudo evitar preguntarse qué estaban haciendo allí.

No obstante, se acercó al grupo de mujeres y hombres. Algunos estaban llorando, otros tenían la cabeza agachada y gritaban palabras que ella no pudo entender, aunque era evidente que estaban asustados y enfadados.

Piper pasó junto a dos policías uniformados y oyó las palabras «ilegal» y «FBI». Y supo que aquello era algo más que un desafortunado accidente.

Un segundo después oyó a otro policía preguntarse cómo era posible que hubiese tantos polizones en aquel camión, pero Piper se dijo que su trabajo era solo atender a los heridos.

—¿Dónde puedo ayudar? —le preguntó a otro paramédico que le estaba examinando la pierna a un hombre.

—El conductor del camión estaba muy afectado —respondió él—. Está sentado en la parte trasera de un coche patrulla. No tiene heridas visibles, pero sí las pupilas dilatadas y ha dicho que le dolía la espalda. Al parecer, no tenía ni idea de que llevaba en el camión a inmigrantes ilegales.

Piper asintió, agarró su maletín con fuerza y fue hacia el coche patrulla que había más cerca del camión.

–Juro que no sabía lo que llevaba en el camión. Por favor, tiene que creerme –le rogaba el camionero a un agente–. Iba conduciendo y ese coche ha aparecido de repente, no le he visto.

A juzgar por sus palabras, el hombre era completamente inocente. En cualquier caso, lo único que Piper tenía que hacer era ver si había que mandarlo al hospital, o si podía seguir allí, siendo interrogado.

–Disculpe, agente, ¿puedo examinarlo? –preguntó ella–. Tengo entendido que le dolía la espalda.

El agente asintió, pero no se alejó mucho. Piper estaba acostumbrada a trabajar codo a codo con la policía y esta siempre le había permitido hacer su trabajo.

Se inclinó hacia delante y vio a un hombre de mediana edad, de vientre prominente, vestido con unos vaqueros desgastados, con bigote y barba y los dedos manchados de nicotina.

–Señor, me llamo Piper y soy paramédico. Me han dicho que le duele la espalda. ¿Puede ponerse de pie?

Él asintió y salió del coche haciendo un gesto de dolor y tocándose la espalda. Piper no supo si el dolor era real o si el hombre solo quería dar pena al agente de policía, pero, una vez más, no estaba allí para juzgar nada de eso.

–Venga por aquí y le instalaremos en una ambulancia. Tal vez quiera ir a un hospital de todos modos, para asegurarse de que todo está bien; por ahora, voy a tomar sus constantes vitales.

–Gracias, señora.

Piper guio al hombre hasta la ambulancia más cercana mientras buscaba a Ryan con la mirada. Se preguntó si ya se lo habrían llevado al hospital y si estaría herido de gravedad. La incertidumbre la estaba matando.

Le reconfortó saber que no habían enviado un helicóptero medicalizado, lo que significaba que ningún herido estaba demasiado grave.

Piper estaba ayudando al camionero a entrar en una ambulancia vacía cuando llegó otra. Junto con el personal que había en ella, volvió hacia el grupo de heridos para ayudar.

Y se quedó de piedra al ver entre ellos un rostro y unos ojos conocidos.

¿Cómo era posible…?

–¿Alex? –dijo en un susurro, para sí misma.

Echó a correr y se detuvo junto a Alex Santiago. Dejó caer el maletín a sus pies y contuvo el aliento.

¿De verdad tenía ante sí al hombre que había desaparecido varios meses antes sin dejar ningún rastro? ¿De verdad era él?

El hombre la miró, utilizando la mano para protegerse los ojos del sol.

Era él. Llevaba el pelo sucio y despeinado, y tenía barba, lo que quería decir que llevaba tiempo sin afeitarse, pero seguía siendo Alex... El hombre que había desaparecido de Royal, Texas, hacía meses.

El hombre que todo el mundo pensaba que se había visto envuelto en un juego sucio, que tal vez había sido traicionado por su mejor amigo. Allí estaba, vivo.

–Alex, ¿qué estás haciendo aquí? ¿Dónde has estado? –le preguntó, viendo que tenía un bulto a un lado de la cabeza.

–Te confundes –le dijo él, tocándose el bulto y haciendo una mueca de dolor–. Yo no me llamo Alex.

Ella le puso una mano en la cabeza y lo miró a los ojos. Conocía bien a su amigo, aunque hiciese meses que no lo veía.

Lo miró mejor. Por supuesto que era Alex. Aunque tal vez se hubiese dado un golpe en la cabeza y no se acordase de quién era. En cualquier caso, lo importante era que estaba vivo.

–Te llamas Alex Santiago –le aseguró ella mirándolo a los ojos y esperando a que él la reconociese.

Él arqueó las cejas y negó lentamente con la cabeza.

–Nunca he oído ese nombre.

–Entonces, ¿cómo te llaman? –le preguntó, cada vez más preocupada.

Alex la miró a los ojos, separó los labios, los volvió a apretar y suspiró.

–No… me acuerdo. No tiene sentido. ¿Cómo es posible que no sepa cómo me llamo?

–Te has dado un golpe en la cabeza –le recordó ella, viendo que se agarraba una mano con la otra–. Y tal vez te hayas roto la muñeca.

Él bajó la vista y se limitó a asentir.

–Te llevaré a una ambulancia, a ver qué dicen los médicos cuando llegues al hospital –le dijo en tono amable–. Estoy segura de que pronto recordarás que eres Alex Santiago. Yo soy Piper Kindred y éramos amigos. ¿Puedes decirme al menos qué hacías en ese camión?

Piper tomó su maletín, ayudó a levantarse a Alex y le puso un brazo alrededor de la cintura para ayudarlo a andar.

–Despacio –añadió–. No hay prisa. Vamos a esa ambulancia. ¿Puedes andar?

–Sí, estoy bien.

Ella sabía que no estaba bien, así que siguió ayudándolo hasta llegar a la ambulancia.

–Túmbate en esa camilla –le indicó–. ¿Sabes dónde estás?

Él la miró, pero no respondió.

–¿Nos vamos? –le preguntó otro paramédico después de unos segundos.

Ella pensó que no iba a ir a ninguna parte hasta que no supiese qué había sido de Ryan.

—Lleváoslo. Ha perdido la memoria y no se acuerda de su nombre, pero decid en el hospital que es Alex Santiago y que llevaba varios meses desaparecido. Yo informaré a la policía.

Luego volvió a mirar a Alex y sonrió.

—Ya estás en buenas manos, Alex. Sé que te sientes confundido, pero iré a verte al hospital lo antes posible.

Él se tumbó en la camilla sin dejar de sujetarse la mano. Piper cerró las puertas y dio un golpe en la chapa para que el conductor supiese que podía arrancar.

Como ya había suficiente personal en el lugar del accidente, ella decidió que podía dedicarse a buscar a Ryan.

Después de unos desesperantes minutos, por fin lo vio sentado en la cuneta, al otro lado del camión. Notó que le temblaban las rodillas del alivio al verlo de una pieza. Estaba bastante lejos de su coche, así que supuso que la policía le había dicho que se quedase allí.

No obstante, supo que una cosa era su aspecto exterior, y otra cómo se encontrase de verdad, ya que en ocasiones había graves lesiones internas.

Piper pensó que tenía que examinarlo y también que contarle el sorprendente descubrimiento que acababa de realizar.

Alex Santiago estaba vivo. Su amigo, que había estado desaparecido durante varios meses, estaba vivo e iba de camino al hospital de Royal, con una muñeca rota y sin memoria, pero vivo.

Se preguntó cómo habría ido a parar a la parte trasera de un camión lleno de inmigrantes ilegales. En cualquier caso, estaba segura de que, en esos momentos, Alex debía de estar asustado y confundido.

Se acercó más a Ryan y se dio cuenta de que se estaba tocando un costado. Un agente le estaba tomando declaración y asentía mientras Ryan hablaba. Piper siguió andando, pero se quedó a unos pasos de distancia y esperó a que terminasen.

Se dio cuenta de que Ryan tenía un cardenal sobre la ceja derecha y vio que estaba todavía más despeinado de lo habitual y sintió ganas de abrazarlo con fuerza, aunque supo que su amigo se reiría de ella si se ponía sentimental en esos momentos.

Lo había visto competir en los rodeos muchas veces. Lo había visto caer al suelo y darse golpes, pero nunca había sentido tanto miedo como al ver su coche destrozado.

El policía se apartó y Piper se acercó con piernas temblorosas.

Ryan la miró a los ojos y sonrió de medio lado.

–Hola, pelirroja.

Tenía una sonrisa capaz de derretir a cualquier mujer, pero Ryan era su amigo, así que Piper nunca se había derretido por él, aunque no estuviese ciega y supiese que era el mejor vaquero y el más sexy del mundo.

Tenía el pelo moreno y solía llevar un sombrero de vaquero negro, y los ojos muy azules. Sí, era un vaquero muy guapo.

—Tienen que examinarte —le informó ella, recorriéndolo con la mirada—. Y no voy a aceptar un «no» por respuesta.

—Solo estoy un poco dolorido —respondió él, tomando una de las temblorosas manos de Piper y apretándosela—. Te veo tensa. Estoy bien, Piper.

—Van a tener que examinarte y, además, vas a querer ir al hospital cuando te diga a quién acabo de ver.

Ryan se encogió de hombros y se volvió a tocar el costado dolorido.

—¿A quién?

Piper clavó la vista en sus costillas.

—Si no te has roto las costillas, estarán agrietadas, así que vas a ir derecho a hacerte una radiografía, grandullón.

—¿A quién has visto? —insistió él.

Piper se puso seria, se acercó más y respondió:

—A Alex.

—¿A Alex? —repitió Ryan, asombrado—. ¿Alex Santiago?

Ella asintió.

—Iba en la parte trasera del camión.

—Piper... —empezó él, como si pensase que

era ella la que se había dado un golpe en la cabeza–. ¿Alex iba en el camión?

Ella se limitó a asentir, se cruzó de brazos y lo retó en silencio a que le llevase la contraria.

–¿Y cómo demonios ha ido a parar allí?

Piper señaló con la cabeza hacia otra ambulancia y ayudó a Ryan a llegar a ella.

–No se acuerda.

Sin dejar de tocarse el costado, Ryan subió a la parte trasera del vehículo.

–¿No se acuerda de cómo ha ido a parar al camión?

–No se acuerda de nada –respondió ella en un susurro–. Ni siquiera sabía cómo se llamaba. No me ha reconocido.

–No me digas –comentó Ryan–. ¿Tiene amnesia?

Piper se encogió de hombros.

–Sinceramente, no lo sé. Tenía un buen golpe en la cabeza, pero podría deberse al accidente. Va de camino al hospital. Y nosotros deberíamos hacer lo mismo, por diversas razones.

–Yo estoy bien, pero voy a hacerte caso solo porque quiero ver a Alex con mis propios ojos.

Piper lo miró fijamente como si pudiese ver más allá de la superficie y hacer un diagnóstico oficial.

–¿Estás bien? –le preguntó él–. Estás un poco pálida.

Piper lo miró a los ojos y sonrió.

–Estoy bien. Y, si los médicos te dan el alta

hoy mismo, te voy a dar una patada en el trasero por haberme dado semejante susto.

Ryan le dedicó una de sus características y amplias sonrisas.

–Esa es mi Piper. Venga, vamos al hospital.

–Una cosa, Ryan –añadió ella, sujetándolo del brazo antes de que subiese a la parte trasera de la ambulancia–. ¿Y Cara? Alguien tiene que llamarla.

Piper no podía ni imaginarse cómo iba a reaccionar la prometida de Alex, Cara Windsor, cuando se enterase de que estaba vivo. Ella misma estaba sorprendida y emocionada, pero también preocupada por el alcance de su pérdida de memoria.

–Antes, vamos a ver qué dicen los médicos –sugirió Ryan–. No podemos permitir que Cara llegue al hospital corriendo, histérica. Antes tenemos que prepararla y necesitamos información concreta.

Piper asintió.

–Estoy de acuerdo. Vamos al hospital. Y mientras a ti te examinan, yo me informaré acerca del estado de Alex.

–Pelirroja…

Ella levantó una mano.

–Todavía tengo el corazón acelerado después de no saber si estabas bien o no, así que eso me da derecho a hacer caso omiso de todo lo que me digas. Entra en la ambulancia y vámonos.

Capítulo Dos

–No tengo nada roto.

Piper, que había traspasado las cortinas que separaban aquel pequeño cubículo del resto de la sala de urgencias, se cruzó de brazos y sonrió a Ryan.

–¿No hay nada más que me quieras contar? –le preguntó.

Ryan se encogió de hombros.

–Lo cierto es que no.

Ella entrecerró los ojos y avanzó hacia él.

–¿No me vas a decir nada de las costillas agrietadas ni de las contusiones?

Bingo.

–Estoy bien –le aseguró Ryan–. No tengo nada que no se pueda solucionar con alguna medicina y una buena copa de whisky de mi abuelo. Él siempre decía que el whisky lo curaba todo.

Piper puso los brazos en jarras y el uniforme se le ciñó al pecho. Ryan pensó que se ponía muy guapa cuando se enfadaba.

–Has sufrido una conmoción, no puedes beber.

–Desde luego, los del personal médico siempre le quitáis toda la gracia a la recuperación.

Ella puso los ojos en blanco y esbozó una sonrisa.

—De verdad, he estado peor después de caerme de un caballo.

—Esta noche te vas a quedar en mi casa —le dijo Piper, apoyando el dedo índice en su pecho—. Y no me lo discutas.

Ryan no iba a rechazar la invitación. Piper no solo era su mejor amiga, sino también una amiga con la que siempre había querido tener algo más. Tal vez hubiese sufrido una conmoción, pero no estaba muerto.

Nunca había intentado ir más lejos con ella por varios motivos, los principales, que viajaba mucho y que ella no parecía sentir ese tipo de interés por él.

Además, el padre de Piper había sido una estrella de los rodeos y ella había jurado en más de una ocasión que jamás se enamoraría de un vaquero.

No obstante, en esos momentos se hallaba en casa y estaba dispuesto a comprobar si podía haber algo más allá de su amistad.

—Está bien, permitiré que me mimes, pero solo si me haces esa sopa de pollo que tanto me gusta.

—No te aproveches, Ryan —respondió ella, suspirando.

Él se echó a reír y alargó una mano hacia ella. Piper se acercó, le dio la suya, y Ryan se estremeció.

—Cuéntame qué te han dicho los médicos de Alex. ¿Has llamado a Cara? —preguntó.

Piper apoyó la cadera en el borde de la camilla.

—Todavía no saben si el accidente ha sido la causa de la amnesia o si era anterior. Al parecer, Alex tiene heridas antiguas, por lo que debió de verse envuelto en una pelea o en otro accidente anteriormente. Tiene la muñeca rota por varias partes, así que lo van a operar pronto. Es más que probable que le tengan que poner una placa o, como poco, clavos.

Los huesos rotos tenían solución, la muerte, no. Ryan no se podía creer que Alex estuviese allí, después de tantos meses de incertidumbre en los que nadie había sabido si se había marchado o si alguien se lo había llevado, pero lo importante era que había vuelto y que, con un poco de suerte, pronto recuperaría la memoria y podría contarles lo que le había pasado.

—¿Y Cara? —volvió a preguntar.

—He hablado con la enfermera y me ha dicho que la han avisado. Estoy segura de que viene de camino.

—¿Qué le han dicho?

Piper bajó la vista a sus manos unidas.

—Que han encontrado a Alex vivo, pero que había sufrido un accidente, que ha perdido la memoria y tiene una muñeca rota.

—Seguro que está muy preocupada.

—Sí.

–¿Cuándo puedo salir yo de aquí? –protestó Ryan–. Quiero ir a ver a Alex y pienso que alguien debería acompañar a Cara cuando llegue. Van a necesitar a sus amigos.

Piper asintió.

–El doctor Meyers me ha dicho que puedes marcharte a casa siempre y cuando no pases la noche solo, y yo le he asegurado que vas a estar en buenas manos.

Ryan deseó terminar exactamente así, entre sus manos, pero sabía que Piper solo lo veía como a su mejor amigo. Y aunque pudiese sentir algo más por él, era muy testaruda y, dado que su padre había abandonado a su familia para ir de rodeo en rodeo, ella jamás tendría una relación con un vaquero.

Así que eso lo dejaba sin opciones. Ryan se había dedicado a viajar durante años y en esos momentos tenía planeado abrir una escuela para niños en la que trasmitirles su amor por el rodeo. El rancho que había comprado unos meses antes a las afueras del pueblo tenía mucho espacio y era perfecto para aquel fin.

Pero por mucho que le gustase su nuevo rancho, estaba más que dispuesto a ir a la pequeña cabaña que Piper estaba reformando.

–Vamos a la habitación de Alex –le dijo, concentrándose en sus movimientos para no marearse, tropezar y quedar en evidencia delante de Piper–. ¿Todavía está en urgencias, o lo han llevado ya a planta?

—Acaban de trasladarlo a una habitación y van a operarlo dentro de unas horas, en cuanto el cirujano esté disponible. Tienen que tener cuidado con la anestesia debido al traumatismo que tiene en la cabeza.

Piper apartó las cortinas de un golpe y echó a andar por el pasillo que llevaba a los ascensores. De repente, se detuvo y se dio la vuelta.

—Lo siento, Ryan —le dijo, esperándolo—. Estoy acostumbrada a ir corriendo a todas partes, no he pensado que debes de estar dolorido.

—Estoy bien, pelirroja.

No obstante, no protestó cuando ella lo agarró por la cintura para ayudarlo. No lo necesitaba, pero le gustó.

—He estado peor a causa de mi trabajo —añadió.

Llegaron al ascensor y subieron en silencio. Cuando las puertas se abrieron, dejó que Piper saliese delante porque conocía mejor el hospital y porque Ryan quería que pensase que necesitaba su ayuda para andar a pesar de que lo único que le dolía eran las costillas.

—Está en la última habitación a mano derecha —comentó Piper—. ¿Entramos juntos o de uno en uno? No quiero agobiarlo, dado que no se acuerda de nosotros.

—Ya ha hablado contigo y yo no me considero tan intimidante.

Piper asintió.

—No quiero presionarlo. El médico ha dicho

que los recuerdos tienen que volver de manera natural, no forzada.

Ryan abrió la puerta y le hizo un gesto a Piper para que entrase delante.

–Hola, Alex –le saludó ella sonriendo cariñosamente–. Quería ver cómo estabas y te he traído a otro amigo.

–La policía se acaba de marchar –les contó él–. No sabía si iban a permitir que recibiese visitas o no.

–Estoy segura de que no hay ningún problema –le respondió ella, apartándose de en medio para que Alex pudiese ver a Ryan–. Y pronto vendrán muchas personas a verte. Estábamos muy preocupados por ti.

Alex miró a Piper y después a Ryan, luego, otra vez a Piper.

–¿Te acuerdas de él? –preguntó ella, esperanzada–. Los dos sois miembros del Club de Ganaderos de Texas.

–Lo siento –dijo Alex, negando con la cabeza–, pero me temo que no.

–No pasa nada, soy Ryan Grant.

Ryan se acercó a la cama, todavía sin poderse creer lo que estaba viendo. Alex se hallaba allí. Estaba magullado y le hacía falta un corte de pelo y un afeitado, pero el hombre por cuya vida había temido estaba vivo.

–Me parece que deberíamos contarte que va a venir a verte alguien más –añadió Piper–. Cara Windsor.

Alex ni siquiera parpadeó.

–Es tu prometida –le explicó Ryan–, pero, si no te sientes preparado para verla, no pasará nada. Cara hará lo que tú prefieras.

–Pensamos que tenía que saber que estabas vivo –dijo Piper.

Alex apoyó la cabeza en la almohada.

–Esto es muy frustrante –admitió–. ¿Ni siquiera reconozco el nombre de mi prometida? ¿Qué demonios me ha pasado?

Piper le dio unas palmaditas en el brazo.

–No te preocupes, lo averiguaremos. No te esfuerces demasiado, Alex, recuperarás la memoria. Los médicos no están seguros de cuánto vas a tardar, pero haremos todo lo posible para asegurarnos de que recuperes tu vida.

–¿Prefieres que le pidamos a Cara que no entre en la habitación? –le preguntó Ryan–. Depende de ti.

Alex posó su mirada cansada en Ryan.

–No. No. A lo mejor al verla recuerdo algo. Quiero intentarlo. ¿Sabe ella cómo estoy?

–La enfermera que la llamó se lo ha contado –le dijo Piper, metiéndose las manos en los bolsillos de los pantalones azul marino–. No tardará en llegar. ¿Quieres que te traiga algo? ¿Qué tal los dolores?

–Me duele la muñeca, pero lo aguanto gracias a la medicación.

–¿Y no te acuerdas absolutamente de nada? –le preguntó Ryan, acercándose a los pies de la cama.

—De nada —les confirmó él—. De nada. Pero mi nombre es Alex, ¿no?

—Alex Santiago —dijo Piper.

—¿Y tengo una prometida?

Ella asintió.

—Cara Windsor.

Ryan esperó, pero Piper no dijo nada más de Cara ni mencionó que al padre de ella no le gustaba que su niña estuviese prometida a Alex.

Alex era inversor de capital de riesgo y formaba parte del club de caballeros más elitista de los Estados Unidos, el Club de Ganaderos de Texas, pero eso no significaba que fuese lo suficientemente bueno para Cara... según su padre.

Alex miró a Ryan.

—¿Y dices que somos miembros de un club?

—El Club de Ganaderos de Texas —le confirmó él—. ¿No te acuerdas de ninguno de sus miembros? ¿Chance McDaniel o Gil Addison? Chance es tu amigo y Gil, el presidente del club.

Alex se pasó una mano por el rostro.

—No, no los recuerdo.

A Ryan le dolió ver a su amigo tan frustrado.

—Oh, Dios mío.

Al oír aquello, Piper y Ryan se giraron hacia la puerta y vieron a Cara, que estaba pálida, tapándose la boca con una mano y con los ojos como platos. Al darse cuenta de que la estaban mirando, bajó la mano, puso los hombros rectos y se acercó despacio sin apartar la vista del paciente.

Ryan vio que Piper retrocedía y dejaba espacio al lado de la cama para Cara. Esta alargó la mano para tocar la de Alex, pero no llegó a hacerlo, como si se hubiese dado cuenta de repente de que no la recordaba.

–No puedo creerlo –admitió emocionada–. He rezado tanto… Quería pensar que estabas bien, pero no sabía…

Alex la estudió con la mirada.

–¿Cara?

–Sí.

Ella levantó la mano para enseñarle el impresionante diamante que llevaba en ella.

–Nunca me lo he quitado, nunca he perdido la esperanza.

Ryan se acercó a Piper, le tocó el brazo y señaló la puerta con un gesto de la cabeza.

–Os vamos a dejar hablar –les dijo Piper a Alex y a Cara–. Nos alegramos de que estés de vuelta, Alex.

Él sonrió y asintió, pero sin apartar la mirada de Cara. Ojalá ver al amor de su vida despertase en él los recuerdos que no habían conseguido despertar sus amigos.

–Llámame si necesitas algo –le susurró Piper a Cara.

–¿Puedo hablar contigo un momento? –preguntó Cara.

Piper asintió y salió de la habitación.

–¿Me puedes contar algo acerca de su estado? –le pidió Cara.

–Lo único que sé es que estaba en la parte trasera de un camión con un grupo de inmigrantes ilegales. El médico no sabe si la pérdida de memoria se debe al accidente o es anterior. En realidad, no sé nada más.

Cara respiró hondo.

–Gracias por estar con él mientras yo llegaba.

Piper alargó la mano y apretó la de Cara.

–Sé que no nos conocemos mucho, pero, por favor, si necesitas cualquier cosa, cuenta conmigo. No es comparable, pero Ryan también estaba involucrado en el accidente y eso me ha afectado mucho. Así que puedo imaginarme cómo te sientes. Si necesitas hablar, llorar o simplemente airearte, aquí estoy.

Cara sonrió a pesar de tener los ojos llenos de lágrimas.

–Te lo agradezco, Piper. No sabes cuánto. Y tal vez te tome la palabra. Ahora, tengo que volver con él.

Piper le dio un breve abrazo y la vio entrar de nuevo en la habitación. Unos segundos después salía Ryan y cerraba la puerta tras él.

–¿Has visto su cara? –le preguntó Piper–. Parece tan perdido… tan confundido…

Ryan se apoyó en la puerta y miró hacia el techo.

–No me puedo imaginar cómo se siente, pero

ambos son fuertes. Cara lo ayudará a superar esto.

−Pero ¿y si Alex no vuelve a acordarse de ella y ya no la quiere? −sugirió Piper.

−Eso no va a ocurrir −dijo él, negando con la cabeza−. Alex es testarudo, un luchador. No se rendirá hasta que no consiga volver con nosotros… con Cara.

Piper lo agarró del brazo y echó a andar con él por el pasillo.

−Eso espero, pero, por el momento, ellos están juntos y tú y yo vamos a irnos a mi casa para que puedas descansar.

−Y, mientras descanso, ¿me harás esa sopa de pollo con fideos?

Piper lo miró e intentó contener una sonrisa, pero no pudo.

−Solo porque estoy feliz de que estés vivo y porque sé que tus heridas podrían ser mucho más graves, pero no esperes que vaya a hacerlo siempre, grandullón.

−No te preocupes, pelirroja.

Capítulo Tres

Piper ayudó a Ryan a ponerse cómodo en el sillón, le dio el mando de la televisión y le levantó los pies antes de ir a cocinar la sopa.

Pensó que todos los hombres eran iguales, a todos les gustaba tener el mando, ponerse cómodos y esperar a que estuviese preparada la cena. No obstante, no le importaba cuidar de Ryan. Sabía que era un hombre trabajador, que lo daba todo en los rodeos y que estaba matándose a trabajar para abrir una escuela en la que los niños aprendiesen a montar. Piper se sentía orgullosa de su mejor amigo y, si él quería sopa de pollo, se la haría. No solo eso, sino que también prepararía pan casero solo porque el alivio de que Ryan no hubiese salido peor parado del accidente era demasiado grande.

No podía dejar de pensar en la expresión de desesperación del rostro de Cara, que lo había pasado muy mal con la desaparición de Alex y también debía de estar sufriendo mucho al saber que estaba vivo… pero que no era el mismo Alex al que ella conocía y quería.

Piper se alegró de que Ryan estuviese en el salón, consciente de todo y todos a su alrededor.

Aunque no tuviese con él la historia de amor que tenían Cara y Alex, sí tenían la relación más segura de toda su vida, y mucho más fuerte que la mayoría de los matrimonios.

Suspiró y se concentró en la tarea que tenía entre manos. Sacó del congelador el pollo y el caldo que había cocinado y congelado la semana anterior.

La cocina no tardó en inundarse de un olor delicioso, a hogar. Un aroma que ni la mejor de las velas podía proporcionar.

Oyó la televisión en el salón y sonrió. Ryan estaba viendo un rodeo y gritando como hacían otros hombres con el fútbol o el baloncesto. A su Ryan solo le gustaban los toros y los caballos.

Piper apoyó las manos en la encimera de granito, cerró los ojos y suspiró aliviada, dando gracias por muchas de las cosas que habían ocurrido ese día. En primer lugar, se sentía feliz de que Alex estuviese vivo y, en general, sano. En segundo, se alegraba de que no hubiese muerto nadie en el horrible accidente de tráfico, pero, sobre todo, daba gracias de que Ryan estuviese bien. No solo bien, sino que se había adueñado de su mando y de su sillón, y ella estaba encantada.

Si en alguna ocasión pensaba en sentar la cabeza y casarse, quería encontrar a alguien como él. Aunque nunca intentaría seducirlo porque eso habría sido... extraño.

Tenía que admitir que se había preguntado

muchas veces si podrían tener algo más, pero sabía que Ryan solo la veía como a una amiga.

Además, aunque se hubiese alejado de los rodeos, a Ryan seguían gustándole demasiado la aventura y el peligro. Y ella no podría volver a vivir con eso. Había visto sufrir a su madre por su padre durante años hasta que, un día, había decidido no sufrir más.

Se habían divorciado y Piper casi no había vuelto a ver a su padre. Y se negaba a hacerles lo mismo a sus futuros hijos.

Así que, aunque le pudiese gustar un hombre como Ryan Grant, ese hombre no podía ser él. No obstante, tenerlo como amigo era una de las mejores cosas que le habían pasado en la vida.

–Hola.

Se giró y vio a Ryan cruzado de brazos y apoyado en el marco de la puerta. Estaba sudando.

En esos momentos había una ola de calor en Royal.

–Siento que no funcione el aire acondicionado –le dijo–. Se ahorra mucho dinero reformando la casa una misma, pero tiene sus inconvenientes. Espero tener el aire acondicionado arreglado para la semana que viene. Y no esperaba que hiciese tanto calor a estas alturas del año.

–Estoy bien –respondió él–. Lo único que me preocupa es la cena.

Ryan sonrió y ella no pudo evitar pensar en el momento en el que había visto su coche destrozado en la carretera.

–¿Estás bien? –preguntó él.

Piper sonrió.

–Estoy bien. Matándome a trabajar mientras que tú no haces nada. Se supone que tienes que descansar.

Él se apartó de la puerta y se acercó a ella.

–Estoy descansando.

–Estás en la cocina, eso no es descansar –replicó ella–. No puedo mimarte si no te dejas.

–¿Eso es lo que estás haciendo? –preguntó él, sonriendo de medio lado–. ¿Mimarme?

–No si no vuelves al sillón –insistió Piper, poniendo los brazos en jarras–. Quítate de en medio para que pueda seguir trabajando.

–Estás temblando, pelirroja.

–Es que estoy enfadada –mintió–. Tienes que ir a relajarte.

Él se acercó más y ella retrocedió hasta que Ryan la arrinconó contra la encimera.

–Creo que te está dando un bajón, después de toda la adrenalina de hoy. Sí. Y pienso que estás dando las gracias de que Alex esté vivo, y también yo.

–Me conoces demasiado bien.

Él sonrió.

Sí. Y por eso sé que tiemblas de alivio. Sabes cómo podría haber terminado el día –añadió él.

Piper cerró los ojos e intentó bloquear la imagen del coche de Ryan en la carretera. Sabía que tendría pesadillas durante semanas.

–No sabes lo que se me ha pasado por la cabeza al ver tu coche –susurró–, pero no podía pararme a buscarte, tenía que hacer mi trabajo, y casi me muero.

Ryan, que había apoyado una mano en la encimera, junto a la cadera de Piper, le acarició la mejilla con la otra y le limpió una lágrima. Ella abrió los ojos y se dio cuenta de que Ryan la estaba mirando fijamente.

–Nada puede conmigo, pelirroja, no me puedo morir en algo tan trillado como un accidente de tráfico.

Piper respiró hondo y aspiró el olor masculino y familiar de Ryan, que estaba muy cerca. Estudió su barbilla y la curva de su mandíbula, sus hombros anchos, sus generosos labios.

Y se maldijo por estar admirando los labios de su mejor amigo, por muchas ganas que tuviese de besarlo.

–Lo que me asusta es que te guste tanto el peligro, Ryan –le dijo con toda sinceridad–. ¿Sabes cómo estaría si te hubiese perdido?

Él sonrió y se encogió de hombros.

–No te preocupes por mí. Conozco mis límites y sé cómo cuidarme.

Ryan miró sus labios y después volvió a subir la vista a sus ojos. Y se echó hacia delante.

–Ambos estamos todavía en estado de shock –comentó Piper.

–Tal vez. O tal vez no.

Él le acarició el labio inferior con el pulgar y

Piper tuvo que hacer un esfuerzo para no sacar la lengua y chuparlo.

Se apartó e hizo que Ryan tuviese que moverse también. Él se metió las manos en los bolsillos como si no supiese qué hacer con ellas.

–La cena casi está lista –le dijo ella, abriendo un cajón para sacar un salvamanteles–. Te la llevaré al salón.

Luego rezó para que cuando se diese la vuelta Ryan ya no estuviese allí, porque, si seguía mirándola con deseo, podía llegar a sucumbir a la tentación.

Se preguntó cómo habían llegado a aquello. ¿Se debería a la adrenalina causada por el accidente? Porque no era posible que Ryan se sintiese atraído por ella. Habían sido amigos durante años y él nunca había intentado nada.

Pero Piper había visto deseo en sus ojos. Y, si la causa no era el accidente, ella tendría que considerar su amistad desde una nueva perspectiva.

En cualquier caso, tenía que controlar sus emociones. No podía tener una relación sentimental con Ryan. Solo podía ser su mejor amiga.

Le seguía dando miedo que se cansase de estar en casa. Y lo conocía lo suficientemente bien como para saber que, si le ocurría, volvería a la carretera y la dejaría allí.

***

Ryan cerró la puerta del cuarto de baño, se giró...

Y se maldijo.

En primer lugar, casi no se tenía en pie porque se había dado un golpe en la cabeza, después, había estado a punto de besar a su mejor amiga y, por último, aquello.

No podía ser.

Había lencería por todas partes.

Encaje rojo, satén amarillo... Braguitas, tangas, finos camisones. Era evidente que Piper los había dejado allí para que se secasen. Y él había tenido que ir a su casa justo el día que había hecho la colada.

Aquello era obra del destino.

No pudo evitar imaginarse a sí mismo quitándole el tanga azul.

Jamás se habría imaginado que Piper utilizaba aquel tipo de ropa interior debajo de las camisas de franela y los pantalones vaqueros.

Ryan apoyó las manos en el borde del lavabo y se miró al espejo. ¿Cómo había podido acariciarle así el labio? Sabía que a Piper le costaba confiar en la gente. Aunque habían sido amigos desde que, en el colegio, él había sugerido que mentía acerca de su padre y Piper le había dado un puñetazo. Desde entonces, habían sido prácticamente inseparables.

Entonces, ¿por qué había corrido aquel riesgo con ella? ¿Por qué había sido tan tonto?

Suspiró y se lavó la cara con agua fría. Se había arriesgado porque siempre se había preguntado cómo sabrían aquellos labios.

A lo largo de los años, se habían dado besos en las mejillas y muchos abrazos, pero él siempre había fantaseado con ir más allá.

No obstante, había sabido que, viajando tanto, no podía empezar una relación con ella. Pero, aun así, siempre era una tortura volver a casa, verla y no poder tocarla.

Y como eran amigos, Ryan había tenido que escucharla cuando Piper le había contado que había perdido la virginidad con un idiota que no la había merecido.

Ryan volvió a lavarse la cara y después se la secó. Con el rostro enterrado en la toalla blanca, respiró hondo e inhaló su olor dulce, a jazmín, y gimió.

–Maldita sea.

Era patético. Mientras estaba fuera, había pasado muchas noches solo, pensando en Piper, preguntándose qué estaría haciendo y con quién. Preguntándose si se estaría enamorando de algún vaquero del pueblo, o tal vez de alguien más tranquilo, un profesor o un empleado de banca.

Ryan había pasado demasiado tiempo en la carretera, preguntándose qué estaba haciendo en Royal su mejor amiga, sin él.

Admitirlo le había costado mucho trabajo. Había luchado durante años contra la atracción, diciéndose que era la única mujer con la que tenía un vínculo y con la que no se había acostado.

Ryan sabía que Piper era especial y que, por eso mismo, se merecía a alguien especial, que la tratase bien y fuese el hombre que ella necesitaba. Un hombre que no viajase tanto y que pudiese darle la vida estable que siempre había ansiado tener.

—¿Estás bien?

Piper llamó a la puerta y Ryan se apartó del lavabo, pero tuvo que volver a agarrarse a él porque estaba aturdido.

—Estoy bien —respondió—. Ahora voy.

«En cuanto consiga controlar la libido y el mareo».

Respiró hondo y sintió dolor en el costado. Abrió la puerta, echó a andar y se tambaleó. Y antes de que le diese tiempo a apoyarse en la pared, se cayó de bruces.

Se maldijo.

Piper llegó corriendo.

—Ryan. ¿Qué te ha pasado?

Lo agarró del brazo y él se sintió humillado.

Pensó que el mareo tenía que deberse a la lencería sexy.

—Estoy aturdido —admitió, poniéndose lentamente en pie—. La última vez que sufrí una conmoción tuve que estar dos días enteros en cama.

Piper lo agarró por la cintura y le sonrió.

—Y seguro que alguna chica guapa te cuidó muy bien.

Él se rio mientras Piper lo ayudaba a volver al salón y a instalarse en el sillón.

–No. Fue mi compañero, Joe, y se pasó todo el tiempo protestando.

Piper puso los brazos en jarras y arqueó una ceja.

–Sé cómo son esas lagartos. Y no solo eres un tipo importante, sino que también eres muy atractivo.

Ryan se echó a reír y le volvieron a doler las costillas.

–¿Muy atractivo? ¿Y tú crees que es sensato decirme eso, después de lo que ha estado a punto de suceder en la cocina?

Piper se encogió de hombros.

–Eres atractivo y no creo que tenga nada de malo decir la verdad. Y, con respecto a lo que no ha ocurrido en la cocina, ya te he dicho que ha sido por culpa de la adrenalina.

Ryan la miró a los ojos y esperó a que Piper apartase la vista, consciente de que estaba mintiendo. La adrenalina no tenía nada que ver con el beso que habían estado a punto de darse. Un beso que él casi podía saborear.

–Quédate ahí –le ordenó ella–. Te traeré una bandeja con la cena. ¿Te hace falta otro analgésico?

–Estoy bien –respondió Ryan–. Ya te avisaré si lo necesito más tarde.

–No te hagas el machito. Si te duele, nadie tiene por qué saber que has necesitado algo para relajarte.

Ryan apoyó la cabeza en el cómodo sillón y

se echó a reír. Sabía muy bien lo que necesitaba para relajarse. Por desgracia, Piper le pondría un ojo morado si se lo decía.

–Sé lo que estás pensando –le advirtió ella, señalándolo con el dedo índice–. No pienses que no sé cómo funciona tu sucia mente.

Él se encogió de hombros, todavía sonriendo.

–Por eso eres mi mejor amiga. Sabes cómo soy y, aun así, me quieres.

Piper puso los ojos en blanco y volvió a la cocina. Y Ryan ni siquiera se molestó en intentar apartar la mirada del balanceo de sus caderas. Aquella mujer iba a matarlo.

Su única opción era llevársela a la cama. Teniendo en cuenta la química que había de repente entre ambos, Ryan estaba seguro de que, si lo conseguía, juntos arderían de pasión.

Capítulo Cuatro

Sabía que no podía dormir desnudo, pero hacía mucho calor, así que Ryan había terminado por quedarse en calzoncillos, había colocado el ventilador de manera que apuntase hacia la cama y se había quitado la sábana a patadas, pero ni siquiera el ventilador de techo servía de nada.

Y no era el calor lo único que lo incomodaba, sino también la mujer que insistía en cuidarlo. No le importaba que hiciese las veces de enfermera, pero habría preferido que lo hiciese con menos ropa y que lo acariciase y lo besase más.

Intentó ponerse cómodo, pero le dolía mucho el costado, sobre todo, después de haberse caído en el pasillo, pero no se lo iba a decir a Piper. No quería que volviese a llevarlo a urgencias a hacerle una radiografía. Seguro que tenía en casa algún analgésico más fuerte, o alguna bolsa de hielo.

Si Piper hubiese sabido la de veces que se había hecho daño a lo largo de los años, no se habría preocupado tanto por un par de costillas agrietadas y una conmoción.

Miró el reloj que había en la mesita de noche. Eran casi las doce y hacía un rato que no se oía ni un ruido en la casa. Era probable que Piper estuviese dormida, ataviada con un camisón de satén, sin taparse con la sábana para no tener calor, con la melena rojiza extendida sobre la almohada.

Cuando Piper llamó a la puerta, Ryan se incorporó en la cama, hizo una mueca de dolor y se aferró a la sábana como un bebé.

Era evidente que Piper no estaba durmiendo.

—Entra.

Ryan no supo qué había pensado que iba a llevar puesto Piper, pero no se la había imaginado con unos pantalones cortos y una camiseta sin mangas, ambos de color azul claro. No sabía si le habría dicho que entrase si hubiese sabido que llevaba tan poca ropa.

Bueno, sí. Aunque no pudiese tocarla, podía mirarla y grabar la imagen en su mente para futuras fantasías.

¿Cómo podía ser tan patético? Aunque, en su defensa, tenía que decir que estaba acostumbrado a verla con el feo uniforme, o con vaqueros y botas. Estaba muy guapa con unos vaqueros ajustados y botas de vaquero, pero le habría gustado verla con las botas y una falda corta o cualquier otra cosa que dejase al descubierto sus largas piernas. Y aquel pijama la tapaba más que un bañador, pero, no obstante…

–Te he traído hielo y un ibuprofeno.

Ryan ni siquiera se había dado cuenta de que Piper llevaba en la mano una botella de agua, una bolsa de hielo y varias pastillas.

–He dado por hecho que no ibas a venir a pedírmelo –añadió, dejando la botella en la mesita de noche y dándole las pastillas–. Así que te lo he traído yo y así podremos seguir fingiendo que eres un machote y no te duele nada, aunque espero que me hagas caso y te tomes las pastillas y utilices el hielo.

Ryan se echó a reír, se metió las pastillas en la boca y dio un buen trago de agua. La necesitaba porque la boca se le había quedado seca al ver llegar a su mejor amiga.

–Si te soy sincero, estaba pensando en otra cosa para aliviar el dolor.

–Deja que les eche un vistazo a tus costillas –le dijo ella, acercándose al borde de la cama–. Intentaré no hacerte daño.

A Ryan le gustó que lo tocase y pensó que Piper no era una mujer que necesitase insinuarse a un hombre para llamar su atención, ni necesitaba a un hombre que la completase.

Pero eso no significaba que él no pudiese intentar llamar su atención.

Aquel terreno era nuevo para él, pero después de haber visto los ojos de Piper brillar de pasión en la cocina, se sentía seguro de sí mismo.

Piper Kindred había sido independiente desde que le había dado el puñetazo en tercero y, con el paso de los años, Ryan la había ido respetando cada vez más.

Pero en esos momentos sus sentimientos estaban yendo mucho más allá del respeto y de la amistad. Y como ya no iba a viajar, sino que iba a abrir una escuela de rodeo, empezó a pensar en establecerse en Royal. No obstante, tenía que estar completamente seguro de que quería ir más allá con Piper.

Ella pasó las manos por los tatuajes que cubrían su torso y sus dorsales y Ryan resistió las ganas de alargar la mano y apartarle un rizo que se le había caído en la cara. En vez de eso, clavó la vista en el escote de la camiseta. La prenda era tan fina que se le marcaban los pezones a través de la tela.

–Todavía lo tienes un poco hinchado –murmuró Piper–, pero el ibuprofeno y el hielo te vendrán bien.

Levantó la vista y Ryan sintió vergüenza por haberle mirado los pechos.

–¿De verdad me estabas mirando las tetas? –preguntó ella en tono de broma, sonriendo.

Ryan se encogió de hombros.

–Me las has puesto delante.

Piper puso los ojos en blanco.

–Duermo con esto, tonto. Además, las chicas que te persiguen por los rodeos las tienen mucho mejor que yo. Aquí no hay mucho que ver.

—Soy un hombre —comentó él—. Si no te hubiese mirado, habría sido preocupante. Las tetas siempre son tetas y a todos nos gusta mirarlas.

—Ya lo sé. En cuanto veis algo de carne a la altura del pecho os quedáis sin parpadear y con la boca abierta.

Sonriendo, Ryan aceptó la bolsa de hielo que Piper le daba.

—Solo cuando la mujer es atractiva.

—Venga ya —dijo ella riendo—. Eres mi mejor amigo, Ryan. Sabes que soy como uno más.

—A mí no me lo parece. Eres toda una mujer.

De repente, y sin que Ryan hiciese nada, su tono de voz había cambiado, volviéndose más profundo, y había dejado de sonreír. Era cierto que Piper había crecido entre vaqueros y que trabajaba sobre todo con hombres, pero no era un hombre y la ropa interior de encaje y satén que había en el baño era prueba de ello.

—Me has visto en bañador —le recordó ella en tono suave—. No es para tanto.

Ryan no pudo evitar recorrerla con la mirada. Y, cuando volvió a llevar la vista a sus ojos, no vio en ellos deseo, sino duda.

—Te has debido de dar un buen golpe en la cabeza —bromeó Piper—. Nunca me habías mirado ni hablado así, como si…

—¿Como si qué?

—Como si me deseases.

—Sé muy bien lo que estoy diciendo y lo que

quiero, Piper –respondió él, clavando la vista en sus labios y pasando la mano por su hombro desnudo–. Sabes lo especial que eres en mi vida y cuánto valoro tu amistad.

–Entonces, ¿por qué me miras como si quisieras besarme? –susurró ella.

–Porque quiero hacerlo.

Piper no retrocedió, pero se quedó inmóvil bajo su caricia. Lo último que quería Ryan era asustarla o hacer que se sintiese incómoda y, no obstante, era lo que había conseguido.

Tenía que trabajar un poco más en su plan de seducción. No estaba acostumbrado a ser él el que iba detrás de una mujer. Si no lo estropeaba todo, podía resultar interesante.

Bajó la mano y apoyó la cabeza en la almohada.

–Gracias por las pastillas y por el hielo.

Ella arqueó las cejas.

–Así que empiezas a ponerte nervioso y luego… ¿nada?

Él se encogió de hombros y sonrió.

–Será mejor que te marches de aquí antes de que haga lo que quiero en realidad, pelirroja.

Piper abrió todavía más sus ojos verdes, pero se limitó a asentir y se incorporó.

–Buenas noches, Ryan. Iré entrando de vez en cuando para ver cómo estás.

Él tragó saliva y mantuvo la boca cerrada por miedo a pedirle que se quedase con él, que se metiese debajo de las sábanas y que ambos viesen hasta dónde podía llegar su amistad.

Pero al final la vio marchar y esperó a que la puerta estuviese cerrada para gemir en voz alta, con frustración.

Dio las gracias de no estar peor, porque no podía quedarse allí mucho tiempo más.

O alguien le había dado una paliza, o había tenido un accidente de coche. En cualquier caso, al día siguiente Ryan estuvo a punto de ponerse a llorar del dolor al intentar salir de la cama.

Se había caído de un caballo innumerables veces, pero lo normal era que después se hubiese metido en una bañera de agua caliente para intentar aliviar el dolor.

Pero, si la noche anterior le hubiese pedido a Piper que le frotase la espalda, solo habrían podido terminar de una manera: sin ropa.

Llegó como pudo hasta la cocina y vio a Piper sentada a la mesa, rodeada de papeles y con una mano apoyada en la frente mientras que escribía con la otra. En un rincón había un ventilador que giraba de un lado a otro para mover el aire.

–¿Piper?

Ella se sobresaltó y dejó caer el lapicero.

–¿Ryan? ¿Estás bien? No pensaba que te ibas a levantar tan pronto.

Lo miró de arriba abajo y él se excitó todavía más y tuvo que hacer un gran esfuerzo para que no se le notase.

—No podía dormir. Además, suelo levantarme siempre temprano.

—Sé que los vaqueros siempre os levantáis muy pronto, pero tenía la esperanza de que descansases un poco más.

Piper se puso en pie y a Ryan le pareció que estaba tan sexy como la noche anterior, o todavía más, con el pijama arrugado y pegado al cuerpo.

Las curvas de su perfecto trasero se burlaron de él. Ryan apretó los puños e hizo un esfuerzo por controlarse.

Ella se agachó a recoger el lapicero y el escote de la camiseta se abrió lo suficiente como para torturarlo todavía más. Ryan apartó la vista porque si seguía mirándola se le iba a olvidar que Piper solo estaba haciendo una buena obra con él, e iba a apartar todos aquellos papeles de la mesa, tumbarla en ella y...

—¿Te duele mucho?

—Sí —admitió él—. Me duele todo.

Ella dejó el lapicero encima de los papeles y fue a abrir uno de los armarios de la cocina. Sacó un frasco, lo abrió y dejó caer tres pastillas.

—Tómatelas con agua —le dijo, dándole la medicina y sacando una botella de agua de la nevera—. Y también deberías ponerte hielo.

Piper se puso a buscar el hielo y él vio cómo adoptaba una actitud profesional para cuidarlo.

—¿Qué son todos esos papeles? —le preguntó, mirando hacia la mesa.

Ella se acercó con el hielo y se lo puso en las costillas.

—Ah, nada. Solo las hojas de cálculo a las que se ha visto reducida mi vida.

—¿Para qué necesitas una hoja de cálculo? –le preguntó él, acercándose a la mesa.

—Me gusta tenerlo todo bien organizado –le explicó ella–. No puedo concentrarme en la reforma si no tengo el presupuesto bien estructurado y delante de mí.

Ryan tocó varios papeles antes de volver a mirarla.

—Ya te he dicho que yo puedo pagar a alguien para que venga a terminar el trabajo. No tienes por qué reformar la casa tú misma.

Piper se cruzó de brazos y levantó la barbilla.

—¿De verdad quieres que volvamos a hablar del tema? Sé que has sufrido una conmoción, pero estoy segura de que te acuerdas de que te dije que no la primera vez que me lo ofreciste. Y mi respuesta sigue siendo la misma.

Ryan puso los brazos en jarras y Piper bajó la vista para, rápidamente, volver a subirla a sus ojos. No obstante, él supo que había conseguido plantar una semilla, y que solo tenía que seguir avivando su curiosidad sexual.

—Escúchame, pelirroja... –empezó–. Sé que eres testaruda y orgullosa, pero puedo permitirme el lujo de ayudarte. ¿Por qué no dejas que lo haga? Si quieres, ya me devolverás el dinero, pero deja al menos que pague a alguien para que arregle el aire acondicionado.

«Antes de que muera al ver cómo te corre el sudor por el valle de los pechos».

–Ya te dije que estaría arreglado en un par de días.

–Podría llamar a alguien para que viniese hoy mismo.

Piper puso los ojos en blanco.

–Deja de meterte en mi vida.

–Solo estoy intentando que vivas más cómodamente.

–¿De verdad? ¿Y por eso me desnudas con la mirada e incluso admites que quieres besarme?

Ryan se pasó una mano por el pelo y suspiró.

–Piper...

–Estoy hablándote en serio, Ryan –lo interrumpió ella–. Quiero achacarlo a la conmoción que has sufrido, pero necesito saber qué se te está pasando por la cabeza.

Él se acercó sabiendo que estaba entrando en terreno pantanoso, pero le encantaban los retos.

–Tal vez esté empezando a ver a mi mejor amiga de manera diferente. Quizás te encuentre más atractiva de lo que nunca he pensado que eras y tal vez, y dado que he vuelto a casa para quedarme, piense que lo que necesito es pasar más tiempo con la persona que mejor me conoce del mundo.

Ella lo miró a los ojos y el silencio los envolvió. Solo se oía el murmullo del ventilador al girar.

–Ryan... –empezó Piper–. Lo que necesitas es descansar, porque es evidente que estás delirando si piensas que podemos ser algo más que amigos. Quítate eso de la cabeza.

–Bien.

«Por el momento», pensó.

–¿Qué planes tenemos para hoy? –añadió Ryan.

–Quiero ir a ver a Alex, pero también tengo que pasar por el club en algún momento del día. Tengo que ir a cambiar el equipo médico que hay en la guardería, pero me gustaría ver qué es realmente lo que hay que sustituir. Tal vez se pueda reparar algo.

Era absurdo que alguien hubiese destrozado la guardería del Club de Ganaderos de Texas porque no quería que hubiese niños ni mujeres en el club.

–¿Necesitas que te acompañe? –se ofreció él.

–No, pero puedes venir conmigo al hospital, si es que estás dispuesto a controlar tu faceta de Romeo.

–Tus deseos son órdenes para mí.

Piper se dio la vuelta y salió de la cocina. Unos segundos después se cerraba la puerta de su habitación. Debía de estar vistiéndose y Ryan pensó que era una pena.

Luego se pasó la mano por el rostro áspero y sonrió. No iba a poder quitarse de la cabeza la idea de tener con ella algo más que una amistad. Le gustaba y quería seducirla.

En especial, porque Piper lo había desafiado. Lo extraño era que no supiese que él siempre aceptaba un desafío.

Ryan se rio solo en la cocina. Retirarse del circuito y volver a Royal era la mejor decisión que había podido tomar.

Capítulo Cinco

Piper condujo hasta el hospital con Ryan enfadado porque no había aceptado su dinero para terminar la reforma de la casa.

En primer lugar, ya le había dicho que no en otra ocasión. Piper era capaz de hacer la obra con sus manos y sus escasos ahorros. Sabía que le llevaría más tiempo, pero la satisfacción de saber que lo había hecho sola merecería la pe-na.

En segundo lugar, ¿cómo se iba a concentrar en nada después de cómo la había mirado Ryan la noche anterior? Había intentado no pensar en ello e incluso bromear, pero no era ni ingenua ni tonta. Ryan estaba empezando a sentir algo para lo que ella no estaba preparada. Y nunca lo estaría.

Tal vez Ryan no solo estuviese enfadado por el tema del dinero.

Y, sí, en algún momento, ella también se había hecho preguntas… pero el miedo a perderlo como amigo había sido más fuerte que la atracción que había sentido por él.

Le había parecido increíblemente sexy, tumbado en su cama de invitados, con el torso desnudo y los tatuajes. Ryan Grant era toda una obra de arte y ella había tenido la maravillosa oportunidad de pasar los dedos por sus bien definidos músculos.

–¿Crees que habrá recordado algo? –le preguntó Ryan al llegar al aparcamiento del hospital.

–Eso espero, pero no tengo ni idea –respondió ella, sorprendida al ver que había sitio muy cerca de la puerta–. Como tiene heridas antiguas y también nuevas en la cabeza, no se puede saber la causa de que haya estado tantos meses desaparecido.

Ryan suspiró.

–Espero que empiece a recordarlo todo pronto, no solo por su salud mental, sino también por la de Cara y Chance.

–Sí. Y espero que, cuando recuerde lo que le ha pasado, aquellos que acusaron a Chance de estar involucrado en su desaparición vayan a pedirle perdón de rodillas.

Piper salió del cuatro por cuatro. Le resultaba ridículo que alguien pudiese pensar que Chance McDaniel, que era amigo de Alex, hubiese tenido algo que ver con su desaparición. Que Chance hubiese estado saliendo con Cara antes de que ella empezase su relación con Alex no era motivo suficiente para intentar deshacerse de él para siempre.

Chance era un ciudadano de bien, que tal vez siguiese sintiendo algo por Cara, pero era honrado y leal. No podía haber hecho que secuestrasen a Alex.

Entraron en el hospital y subieron en el ascensor para dirigirse a la habitación de Alex. Iba a haber tensión en el ambiente, hubiese recuperado la memoria o no. Había muchas personas esperando respuestas y a que Alex los reconociese.

Al acercarse a la habitación, Piper vio a Cara hablando por teléfono y secándose las lágrimas con un pañuelo de papel.

Evidentemente, no era una buena señal.

Miró a Ryan.

—¿Por qué no entras tú a ver a Alex? —le sugirió—. Yo esperaré aquí y hablaré con Cara.

Ryan entró en la habitación y Piper esperó a que Cara hubiese terminado de hablar y se hubiese guardado el teléfono.

—¿Sigue sin acordarse de nada? —le preguntó mientras le daba un cariñoso abrazo.

—Sí. Y Zach se acaba de marchar. Ni siquiera se acuerda de su socio —gimoteó Cara—. Yo había estado segura de que se acordaría de mí, de todo lo que habíamos compartido.

Piper siguió abrazándola hasta que fue Cara la que se apartó y volvió a secarse los ojos.

—Lo siento, Piper.

—No lo sientas por mí —le dijo ella—. Puedes contar conmigo siempre que lo necesites, y pienso que, si alguien aquí tiene derecho a llorar, eres tú.

Piper no se podía ni imaginar lo que debía de estar sufriendo Cara, que, después de haber encontrado al amor de su vida, lo había visto desaparecer y después, lo había recuperado, pero no por completo. Debía de ser como una pesadilla para ella.

–Te lo agradezco mucho –le dijo Cara–. En estos momentos, tanto Alex como yo necesitamos apoyo.

–Por supuesto que sí, y yo me alegro de poder ayudaros –respondió Piper con una sonrisa.

–Esta mañana he traído algunas fotografías –le contó Cara–. He pensado que tal vez le ayudasen a recordar, pero las ha mirado con gesto inexpresivo y después me ha pedido perdón. Así que he tenido que salir de la habitación. Me niego a venirme abajo delante de él. Me necesita fuerte.

–Estás siendo mucho más fuerte de lo que sería yo –le aseguró Piper–. Y estoy segura de que sigue queriéndote, Cara. Solo tenemos que darle algo de tiempo. Nadie sabe por lo que habrá tenido que pasar, así que los médicos no están seguros de cómo ayudarlo.

Cara asintió.

–¿Se me ha corrido el rímel?

Piper sonrió.

–No, estás tan guapa como siempre.

–Lo dudo. Me pongo muy fea cuando lloro, aunque he estado controlándome delante de

Alex. No puedo permitir que piense que soy una mujer débil.

Piper se echó a reír.

–No eres débil. Estos últimos meses han sido muy complicados. Así que es comprensible que estés disgustada al ver que ha vuelto, pero que no se acuerda de nada. Estoy segura de que incluso Alex lo entendería si te vinieses abajo.

Cara negó con la cabeza.

–No lo haré. Necesita mi ayuda. Y voy a dársela.

–¿Te sientes preparada para volver a entrar en la habitación o prefieres esperar un poco? –le preguntó Piper.

–Estoy bien. Aunque seguro que Alex se alegra de ver a alguien que no sea yo.

–No lo creo –respondió Piper, abriendo la puerta y dejando que Cara entrase.

Alex estaba tumbado en la cama, con el brazo escayolado después de la operación de muñeca, que había tenido lugar la tarde anterior.

Ryan estaba apoyado en el marco de la ventana, con las manos metidas en los bolsillos. Miró a Piper y ella supo que lo que habían empezado la noche anterior, fuese lo que fuese, no estaba zanjado. En contra de todo pronóstico, la sinceridad de sus palabras no la había asustado, sino que había conseguido que se excitase.

Estaba metida en un buen lío.

Era la primera vez que un hombre le producía un cosquilleo en el estómago y lo que más la desconcertaba era que aquel hombre fuese su mejor amigo.

–Hola, Piper –la saludó Alex, esbozando una sonrisa–. Acabo de decirle a Ryan que no hace falta que vengáis todos los días. Estoy seguro de que tenéis cosas que hacer. Además, estoy teniendo muchas visitas. Al parecer, conozco a mucha gente.

Piper asintió.

–Y toda esa gente está preocupada por ti. ¿Te han dicho los médicos algo acerca de la amnesia?

Alex negó con la cabeza.

–Me han hecho un TAC, pero no han sacado ninguna conclusión. Al parecer, tengo varios traumatismos en la cabeza.

–Todo volverá a la normalidad antes o después –le aseguró ella, deseando que fuese verdad.

–Pues espero que sea cuanto antes –admitió él–. Imagino que todos habéis estado muy preocupados.

Miró a Cara y apretó la mandíbula.

–Me siento fatal por lo que has estado sufriendo por mí.

–Estoy bien, Alex –le aseguró ella–. Tú concéntrate en recuperarte. Yo voy a seguir aquí, esperando.

A Piper se le cerró la garganta de la emoción. Sabía que ambos iban a luchar por volver a estar juntos. Miró a Ryan y se dio cuenta de que él seguía observándola. La tensión, el amor que había en aquella habitación era casi insoportable.

Ella no podía dejarse atrapar por aquella emoción llamada amor. Tenía el ejemplo de su madre, que a pesar de haberse casado con el amor de su vida, nunca había tenido suficiente. Y, al final, eso había roto el matrimonio.

Pero fue consciente de la química que había entre Cara y Alex y tuvo la esperanza de que aquello sí que fuese suficiente. Ambos merecían ser felices, merecían encontrar el camino para llegar al otro.

–Cara, ¿has comido ya? Piper y yo podemos quedarnos un rato si quieres salir.

Cara movió una mano perfectamente manicurada.

–No. Estoy bien.

–Yo también estoy bien –dijo Alex desde la cama–. No necesito niñeras.

Cara se mordió el labio como si estuviese conteniendo las lágrimas y Piper deseó reconfortarla, pero no lo hizo porque sabía que Cara quería mostrarse fuerte delante de Alex.

–Lo siento –murmuró Alex–. Es que es horrible estar aquí, sin saber cómo he llegado, pero consciente de que he hecho sufrir a muchas personas.

–No le has hecho daño a nadie –intervino Ryan–. Es posible que la amnesia fuese anterior a tu desaparición. O que alguien te hubiese hecho desaparecer. Si es el caso, sería esa la persona que ha hecho daño a muchas otras. Tú eres solo un peón en el macabro juego de otra persona.

La lista de sospechosos no era muy larga, pero Piper no quería pensar que personas que conocía y en las que confiaba podían ser tan frías y calculadoras. Sabía que la policía estaba investigando a todas las personas que habían formado parte de la vida de Alex.

Estaba segura de que Chance no podía haber tenido nada que ver con su desaparición. Tenía que ser otra persona.

Alex había empezado a formar parte del Club de Ganaderos de Texas hacía poco tiempo y todo el mundo parecía contento con ello. Al padre de Cara no le había gustado mucho, pero Piper no pensaba que hubiese tenido motivos suficientes para hacerlo desaparecer.

No obstante, no sabía quién podía haberlo hecho.

–¿Prometes que nos llamarás si los médicos te dicen algo nuevo? –le preguntó Piper a Cara.

–Por supuesto –respondió ella, acercándose a darle un abrazo y susurrándole al oído–: Gracias por estar ahí.

Piper le devolvió el abrazo.

–No podría ser de otra manera –respondió.

–Alex, me alegro de haberte visto otra vez –dijo Ryan–. Por favor, dile a Cara que nos llame si necesitas algo. Sea lo que sea.

Alex asintió.

–Gracias. No sabéis lo que eso significa para mí.

Piper se dio la vuelta y estuvo a punto de chocar con una mujer vestida con un traje gris.

–Lo siento.

–No pasa nada –respondió ella sonriendo–. Soy Bailey Collins, de la policía de Texas. Soy la encargada de la investigación del caso del señor Santiago.

–No sabía que la policía estatal también estuviese metida en esto –comentó Alex–. ¿Hay alguna información de la que no esté al corriente?

Bailey miró a su alrededor.

–Preferiría hablar contigo en privado, si es posible.

–Por supuesto –dijo Piper.

–Solo necesito hablar con Alex unos minutos.

–Nosotros ya nos íbamos –añadió Ryan, agarrando a Piper del brazo y guiándola hacia la puerta.

–Yo también puedo salir –dijo Cara–. Tómese su tiempo, señorita Collins.

Piper y Ryan salieron al pasillo y esperaron a que Cara cerrase la puerta tras ella.

–La policía ha estado interrogándolo –les contó Cara–. Supongo que si han avisado a la policía estatal es por algo. Espero que lleguen al fondo del asunto lo antes posible.

—Lo harán —le aseguró Ryan—. Nosotros solo tenemos que apoyar a Alex y rezar para que recupere la memoria pronto.

—¿Necesitas algo antes de que nos marchemos? —le preguntó Piper a Cara.

—Estoy bien —respondió ella sonriendo—. Marchaos. Os llamaré si tenemos alguna noticia.

Ryan abrazó a Cara y luego se giró hacia Piper. Esta lo agarró del brazo mientras echaban a andar. Una vez dentro del ascensor, Piper se acercó más y le dio un beso en la mejilla.

—¿Y eso? —preguntó él.

—Por ser como eres. Por ser tan tierno y por haber salido vivo del accidente de ayer.

Ryan arqueó las cejas.

—Todavía no te has recuperado del susto, ¿verdad?

—Me temo que no.

Él le dio un beso en la cabeza.

—Pues este es por preocuparte tanto, pelirroja. No sé qué habrías hecho sin mí.

Piper se echó a reír y le dio un codazo.

—No digas eso.

Él se llevó la mano a las costillas.

—Me has hecho daño.

Ella lo miró y vio que estaba sonriendo.

—Es broma. El que me duele es el otro costado.

—La próxima vez que me pidas que te haga una sopa de pollo, te voy a envenenar —bromeó ella—. No vuelvas a darme esos sustos.

La amenaza no tuvo mucho efecto, teniendo en cuenta que la hizo riéndose.

Él entrelazó los dedos con los suyos mientras salían del ascensor.

–No volveré a hacerlo.

Varios días después del accidente y de la reaparición de Alex, Ryan entró en el Club de Ganaderos de Texas y respiró hondo, cosa que cada vez le costaba menos, ya que se le estaban curando las costillas.

Todavía se sorprendía al pensar que formaba parte del club más elitista de todo Texas. Había viajado por todo el mundo compitiendo y ganando títulos con los que algunos vaqueros solo podían soñar y desde que se había retirado y había vuelto al condado de Maverick, seis meses antes, solo había pensado en establecerse allí. ¿Y qué mejor manera que entrar a formar parte del viejo club?

Se había hecho un nombre en los rodeos y había conseguido bastante dinero gracias a que lo había invertido bien, y por eso lo habían aceptado allí.

El club tenía más de un siglo y, en los últimos tiempos, había habido algunos cambios. Habían construido una pista de tenis en las instalaciones y también una guardería, esto último, después de haber abierto el establecimiento a las mujeres.

Y algunos de los miembros más antiguos todavía se estaban quejando de ello.

Pero a Ryan le gustaban los cambios.

Pasó por delante del viejo salón de los billares, donde en esos momentos estaba la guardería, y fue hacia la sala de reuniones, deseando hablar con los demás acerca de la vuelta de Alex.

Saludó a los otros miembros del club al entrar en la habitación. Hacía cinco días que Alex había vuelto y Ryan supo que aquella reunión sería diferente de las demás. Casi todo el mundo estaría emocionado con la vuelta de Alex.

Chance estaba apoyado contra la pared en la que había varias placas y trofeos de caza. A su lado se encontraba Paul Windsor, el padre de Cara. Ambos estaban sumidos en una conversación y Ryan supo con toda certeza que estaban hablando de Alex Santiago.

Todo el mundo sabía que Paul quería que Cara volviese a salir con Chance, pero el corazón de Cara era de Alex...

Unos minutos después estaban todos sentados alrededor de la mesa. El presidente del club, Gil Addison, la presidía.

—Como todos sabéis, Alex Santiago fue encontrado con vida hace unos días —empezó, mirando a su alrededor—. Ayer fui a verle al hospital. Sufre amnesia y los médicos todavía no saben cuánto le va a durar.

—Por el momento no reconoce a nadie —intervino Ryan.

–Yo no he ido a verlo, pero tengo entendido que el pronóstico no es bueno –gruñó Paul Windsor.

A Ryan no le extrañó que Paul no hubiese ido a visitar a Alex, ya que pensaba que él no era lo suficientemente bueno para su hija, ya que no procedía de una buena familia.

–Lo cierto es que le han dado el alta, y que el pronóstico no es ni bueno ni malo –volvió a comentar Ryan–. Los médicos le han dicho que vaya poco a poco.

–Yo sí que he ido a verlo –dijo Chance–. Se siente frustrado, pero está seguro de que recuperará la memoria. Según los médicos, se lo tiene que tomar con calma, pero ya conocéis a Alex.

–Cara también está segura de que todo va a salir bien –añadió Ryan–. Casi no se ha separado de él en este tiempo.

Paul frunció el ceño todavía más y Ryan no pudo evitar sonreír por dentro. Paul era un hombre arrogante, que intentaba controlarlo todo y a todo el mundo, además de mujeriego. Al parecer, en esos momentos estaba buscando a la que sería su quinta esposa. Pobre de la elegida.

–Sí, Cara ha estado pasando mucho tiempo con él –confirmó Paul muy serio–, pero ya la conocéis, haría cualquier cosa por ayudar a los demás. Quiere ayudar a Alex a recuperar la memoria, pero es frágil y no estoy seguro de que pueda soportar tanta presión. Estoy convencido de que todo esto le va a pasar factura.

Ryan estuvo a punto de poner los ojos en blanco al oír aquello.

–Cara es una mujer fuerte –lo contradijo Chance–, pero esta situación podría con cualquier persona, por muy fuerte que fuera.

Ryan mantuvo la boca cerrada. Había visto a Cara, había hablado con ella y jamás había visto a una mujer tan decidida a conseguir algo... salvo a Piper.

No obstante, Paul y Chance tenían razón. Cara había sufrido mucho y Chance había estado reconfortándola en ausencia de Alex.

En cualquier caso, Ryan también había visto la expresión del rostro de Cara al entrar en aquella habitación del hospital por primera vez. Había visto amor en sus ojos, preocupación y miedo también, pero estaba seguro de que Alex y Cara volverían a estar juntos.

–Es probable que Alex vuelva a las reuniones del club el mes que viene –dijo Zach Lassiter.

Ryan miró hacia el otro lado de la mesa, donde estaba Zach, que había sido socio de Alex y había estado muy preocupado por él. Como todos.

–Le he dicho que viniese hoy, pero no se sentía capaz. Y no me extraña... Aunque yo pensaba que tal vez recordase algo al ver a tantas personas conocidas.

–No hay que presionarlo para que vuelva –declaró Paul–. Por el momento, podemos prescindir de él.

Ryan deseó que Paul no hablase con semejante desdén de Alex, pero Paul siempre era así de directo.

Ryan se preguntó si Cara estaba tan pendiente de Alex solo porque se sentía culpable u obligada a hacerlo.

Y entonces pensó en cómo había mirado Piper a la pareja, con esperanza en la mirada y una sonrisa en los labios.

Tal vez Piper dijese que no tenía la intención de enamorarse ni de casarse nunca, pero se le daba muy mal mentir.

Capítulo Seis

A algunas mujeres les gustaba pasar un día en un spa, pero ella prefería reformar la casa con sus propias manos.

Le encantaba estar cambiando las tejas viejas del tejado, ya que los anteriores dueños de la casa no lo habían hecho, y estaba deseando ver el tejado terminado.

Pero que le gustase cambiar el tejado no significaba que fuese menos femenina. ¿O sí? Que supiese moverse por un rancho, que hubiese crecido vestida con camisas de franela y botas en vez de vestidos no significaba que fuese menos mujer. Le gustaba hacer el trabajo con sus propias manos y no le importaba sudar ni mancharse.

Al final, merecía la pena, aunque estuviese trabajando más en sus días libres que cuando tenía que ayudar a salvar vidas.

Oyó un coche y levantó la vista para ver quién iba a visitarla. Aunque tenía que habérselo imaginado, porque Ryan era el único que iba a verla. Tenía más amigos, pero Ryan era el típico huésped que no se marchaba nunca. Siempre aparecía sin avisar y eso le encantaba. Le gustaba que ambos estuviesen tan cómodos juntos y que la casa de uno fuese la del otro.

Aunque solo hiciese seis meses que Ryan había vuelto al pueblo, Piper se sentía como en casa en el rancho que él había comprado a las afueras del pueblo. Era una mansión impresionante, de ochocientos metros cuadrados, con un terreno inmenso, perfecto para establecer una escuela de rodeo.

Ryan abrió la puerta de su todoterreno.

–¿Se puede saber qué estás haciendo? –le preguntó inmediatamente.

Piper siguió dándole la espalda mientras quitaba otra teja.

–Cortar un pastel –le respondió.

–No seas sarcástica –le gritó él.

–Entonces, no me hagas preguntas tontas –replicó ella, tirando la teja a un pequeño contenedor que había alquilado para la ocasión–. Tengo otra palanca, si has venido a ofrecerme tus servicios.

–No tengo tiempo para ofrecerte mis servicios, pero me ocuparé de todo eso este fin de semana si bajas de ahí ahora mismo –afirmó Ryan con decisión.

Ella dejó la palanca en el tejado y fue hacia donde había apoyado la escalera. Cuando por fin estuvo sana y salva en tierra firme, se giró, se quitó los guantes de trabajo y se cruzó de brazos.

–Sabes que estoy haciendo la reforma yo misma y que necesitaba un tejado nuevo. ¿Por qué estás tan enfadado?

Ryan suspiró.

—No quiero que te hagas daño. ¿Qué pasaría si te caes y no hay nadie para ayudarte?

Piper sonrió, enternecida por su preocupación.

—Estoy bien, Ryan. Hace mucho tiempo que vivo sola y estoy acostumbrada a cuidar de mí misma cuando me hago daño.

Ryan sacudió la cabeza y después le apartó un mechón de pelo rizado que se le había escapado de la coleta.

—No tenías que haber estado sola, cuidando de ti misma.

—¿Porque soy una mujer? —inquirió ella.

—No, maldita sea, porque me importas.

Ryan miró hacia el tejado, puso los brazos en jarras y suspiró. El sombrero de vaquero negro le protegía los ojos del sol, pero Piper supo que estaba examinando con ellos su trabajo e intentando encontrar el momento de hacer él lo que quedaba.

—Podría venir a ayudarte el sábado —le dijo—. Hoy tengo el resto del día ocupado y mañana por la mañana también tengo algunas cosas que hacer.

—Yo trabajo mañana todo el día —respondió ella—, pero tengo libre el sábado. Aunque es probable que haya terminado para entonces.

Ryan volvió a mirarla a los ojos.

–¿Por qué no aceptas mi ayuda? Siempre has sido igual, desde que nos conocemos.

Piper se llevó una mano al corazón, como si se sintiese dolida por el comentario, pero Ryan supo que lo hacía de manera sarcástica. Piper nunca había dependido de nadie.

–Entonces, si sabes cómo soy, ¿por qué no me dejas tranquila? –le preguntó ella, levantando la voz–. Compré esta casa con la intención de reformarla yo. Y quiero hacerlo para poder sentirme orgullosa y demostrar que soy capaz de hacer algo. Tengo talento para esto, Ryan. ¿Por qué intentas siempre intervenir y tomar el mando?

–Solo quiero hacerte la vida más fácil, pelirroja. Nada más. No estoy intentando controlar tu vida, solo quiero verte feliz.

–Soy feliz cuando no discutimos por tonterías –dijo ella, guardándose los guantes–. Siento haberte gritado. Estoy cansada y estresada, pero no tenía que haberlo pagado contigo.

–Entonces, deja que termine yo el tejado, o que llame a alguien para que lo haga.

–No. Lo voy a hacer yo.

–Mira que eres testaruda.

–Le dijo la sartén al cazo.

Piper se giró y empezó a subir otra vez por la escalera.

–Si no has venido a ayudarme, sino solo a insultarme, márchate. Tengo trabajo.

No lo miró, ni bajó la vista al oír que arrancaba el coche y se alejaba de allí.

Era cierto que, aunque eran amigos, en ocasiones discutían como un viejo matrimonio.

Piper se echó a reír al pensar aquello. Jamás se casaría con un vaquero.

Además, le parecía mentira que Ryan no supiese a esas alturas que nunca pedía ayuda.

Tomó la palanca y se puso de nuevo manos a la obra. El enfado la ayudó a seguir quitando las tejas viejas, porque, o se concentraba en el trabajo, o pensaría en lo sexy que le había parecido Ryan enfadado.

No quería que aquella actitud de neanderthal le resultase atractiva, pero no podía evitarlo. Ryan se preocupaba realmente por ella y era cierto que quería verla feliz, pero Piper sabía que, además, estaba empezando a sentir algo. Y ella no podía permitir que quisiera más, tal vez que viviesen juntos.

¿O que se casasen?

La palanca se le cayó de la mano y se dijo que tenía que concentrarse en lo que estaba haciendo.

Ryan recorrió el perímetro de la valla recién instalada donde esperaba poder entrenar pronto a jóvenes jinetes. Los hombres a los que había contratado para poner la valla habían hecho un trabajo muy bueno.

Estaba deseando abrir la escuela. Miró a su alrededor y se caló el sombrero para que el sol de finales del otoño no lo deslumbrase. Aquella nueva etapa de su vida era emocionante, pero también estresante.

Había decidido establecerse allí y darle un giro a su carrera y a su vida personal, pero no estaba seguro de qué más hacer cuando la escuela estuviese abierta. Había sabido que quería una vida más estable y tranquila. Y unirse al Club de Ganaderos de Texas y enseñar a niños era un comienzo, pero él quería más.

A lo largo de los años, la única constante en su vida había sido Piper. Había sido su mejor amiga, su terapeuta, la que le hacía reír en las fiestas. Entre ellos había algo que no tenían muchos matrimonios.

Y se sentía atraído por ella, pero no iba a permitir que eso estropease su amistad.

Se apartó de la valla y fue hacia la casa. Se preguntó si Piper querría ayudarlo con la escuela, era un mundo que conocía bien.

Entró por la puerta trasera, colgó el sombrero en un perchero y tomó su teléfono. Tenía una llamada perdida de Piper, pero no había dejado ningún mensaje.

Después de la pequeña discusión del día anterior, se preguntó si Piper llamaría para disculparse por ser tan testaruda. Conociéndola, era probable que hubiese llamado para que se disculpase él.

Ryan marcó su número, pero saltó el contestador. Colgó y se metió el teléfono en el bolsillo. Piper estaba trabajando, así que tal vez no pudiese hablar.

Solía parar para comer. Ryan miró el reloj y pensó en darle una sorpresa. Piper necesitaba más sorpresas en su vida. Necesitaba a un hombre de verdad. Y necesitaba sentirse como una mujer, no como un hombre más.

Cuando Ryan llegó al aparcamiento en el que solían estar los paramédicos no vio el coche de Piper por ninguna parte. Y Piper nunca faltaba al trabajo. Nunca.

Intentó llamar por teléfono, pero no obtuvo respuesta. Se sintió preocupado, sobre todo, después del secuestro de Alex, ya que Ryan sospechaba que había algo ilegal detrás de todo el asunto.

Así que fue directo a casa de Piper, donde estaba aparcado su utilitario negro.

Subió los escalones del porche de dos en dos, llamó al timbre y abrió la puerta al ver que nadie respondía. Como eran buenos amigos, tenía una copia de la llave.

Cada vez más preocupado, llegó al salón y vio a Piper tumbada en el sofá, dormida... con la misma ropa que el día anterior.

Se acercó más a ella, sorprendido por varias razones. Piper nunca dormía la siesta, nunca faltaba al trabajo y jamás se ponía la misma ropa dos días seguidos.

Vio un cable que salía de debajo de su espalda y se agachó a investigar. Era una manta eléctrica.

Eso lo enfadó, pero prefirió esperar a saber qué había ocurrido exactamente. Aunque era evidente que Piper estaba dolorida.

—Eh, pelirroja —le dijo en voz baja, tocándole el hombro—. ¿Te vas a pasar todo el día durmiendo?

Ella gimió e hizo una mueca de dolor al intentar moverse. Abrió los ojos y parpadeó varias veces para intentar fijar la vista.

—He pasado por tu trabajo y me han dicho que te habías tomado el día libre.

Piper se llevó una mano a la cabeza y asintió.

—Sí.

—¿Me cuentas qué te ha pasado?

—Preferiría no hacerlo, no quiero que me digas que me lo advertiste.

Él se sentó en la mesita de café y tomó su mano.

—He borrado esas palabras de mi vocabulario. Dime qué ha ocurrido y dónde te duele.

Piper miró al techo, suspiró pesadamente y cerró los ojos.

—Esta maldita casa solo tiene ciento veinte metros cuadrados. Sé exactamente cómo quiero que quede y sé cómo conseguirlo, pero, cuando me pasa una tontería como esta, tengo la sensación de que no voy a poder terminarla.

—Pelirroja...

Ella lo miró a los ojos.

—Nada más irte tú ayer me caí del tejado.

—Maldita sea, Piper —dijo él, furioso—. ¿Por qué no me has avisado?

—Lo cierto es que te llamé. No dejé mensaje porque supuse que verías la llamada, pero no pasa nada —añadió sonriendo—. Soy una profesional, ¿recuerdas?

Intentó sentarse, hizo una mueca de dolor y se aferró a la mano de Ryan. Él no articuló palabra. No hacía falta.

Pero decidió que no se marcharía de allí hasta que su amiga no estuviese mejor.

—¿Necesitas que te vea un médico? —le preguntó.

—No, no. Solo necesito calor y descansar.

—¿Y qué puedo hacer para ayudarte?

—Nada. Solo te había llamado para contártelo, pero no quería preocuparte.

Como Piper se había sentado, sus cabezas estaban muy cerca, Ryan se inclinó hacia delante.

—¿Que no querías preocuparme? Te has caído del tejado, Piper. Es evidente que te has hecho mucho daño, ¿y no quieres que me preocupe?

—Me he caído de la parte más baja, que está justo encima del porche —le explicó ella, poniendo los ojos en blanco—. No estaba en todo lo alto.

—No intentes restarle importancia —replicó él, recorriéndola con la mirada y viendo que tenía golpes y arañazos en los brazos–. Quítate la camisa.

Ella arqueó las cejas.

–Supongo que es una broma. ¿Has pasado de querer besarme la otra noche a querer que me desnude? Si piensas que soy más vulnerable porque estoy así…

–Cállate y quítate la camisa para que vea qué te has hecho –insistió él, levantando la voz.

–Ya te he dicho que estoy bien.

–En ese caso, compláceme y deja que lo vea con mis propios ojos –añadió Ryan en tono más suave–. Casi no puedes ni sentarte sola, así que estoy seguro de que te has dado un buen golpe.

Piper dudó. Lo miró fijamente a los ojos, pero Ryan no retrocedió. Necesitaba demostrarle que se preocupaba por ella de verdad.

–¿Te vas a sentir mejor si me quito la camisa? –le preguntó Piper, poniendo los ojos en blanco, pero sin hacerlo.

–O te la quitas tú, o te la quitaré yo –le advirtió él, sonriendo con dulzura.

Piper empezó a desabrocharse la camisa muy despacio y dejó al descubierto un sujetador de encaje amarillo. Ryan se preguntó cómo se le podía haber olvidado el tipo de lencería que había visto en el cuarto de baño.

Había visto a Piper muchas veces en bañador y, además, era su mejor amiga, pero verla medio desnuda y vulnerable sacó al cavernícola que había en él. Deseó tomarla en brazos, llevarla a la cama y pasarse los siguientes días examinando sus golpes y haciendo que se sintiese mejor.

La miró a los ojos y pasó la mano por el hematoma que tenía en el costado. Vio que se le ponía la carne de gallina y se estremeció.

Entonces se dio cuenta de que tal vez aquello había sido una mala idea.

Pero ya era tarde.

Demasiado tarde.

Capítulo Siete

Piper cerró los ojos.

No estaba acostumbrada a ser ella la paciente. Y Ryan la estaba tocando de una manera que hizo que tuviese que esforzarse en mantener la compostura y no abrazarlo por el cuello y darle el beso que él le había pedido varios días antes.

–Ryan –susurró, abriendo los ojos y encontrándoselo todavía más cerca de lo que había pensado–. Estoy bien.

Él bajó la vista a donde tenía la mano, por debajo de su pecho.

–Tengo que verte también la espalda.

Piper levantó la rodilla y se giró. La sensación que le produjo la mano de Ryan en la espalda fue tan potente como la vez anterior. Le estaba tocando la piel, pero Piper tuvo la sensación de que llegaba a su corazón.

–¿Cómo la tengo? –le preguntó.

–Como si te hubieses caído de un tejado –respondió él–. ¿Estás segura de que no te has roto nada? ¿No piensas que deberían hacerte una radiografía, solo para estar seguros?

Piper volvió a tumbarse boca arriba y sonrió.

–Estoy segura de que, si tuviese algo roto, lo

sabría. Me duele, pero no tanto. Y hoy es el segundo día, por eso estoy peor.

Él la miró a los ojos y Piper deseó humedecerse los labios y peinarse con los dedos, pero no lo hizo. Se quedó inmóvil, esperando a que Ryan dijese o hiciese algo.

La espera fue breve. Ryan llevó la mano a su rostro y ella se dejó acariciar.

—No puedo seguir negando lo que hay entre nosotros —murmuró él.

Piper abrió la boca, anticipando su caricia, su beso.

Ryan se acercó más.

—Es una locura.

—Sí.

—Me voy a volver loco preguntándome a qué saben tus besos.

Piper se humedeció los labios por fin porque quería besarlo más de lo que era consciente o, al menos, más de lo que quería admitir.

—¿Y si es un error? —le preguntó en voz baja.

—Ya hemos cometido errores antes. Prefiero arriesgarme y aprender de ellos, pero tengo la sensación de que, en esta ocasión, merece la pena intentarlo.

Ryan no esperó a que Piper le diese otra razón por la que parar aquello. Sabía lo que quería y ya había esperado suficiente... casi veinte años.

Le acarició las mejillas, hundió los dedos en

su pelo rizado y, antes de que le diese tiempo a arrepentirse, la besó.

Y dio gracias de estar sentado, porque sintió que le temblaban las rodillas. Su sombrero cayó al suelo.

Piper respondió a sus besos y lo abrazó por el cuello para tenerlo más cerca.

Ryan intentó memorizar el contorno de sus labios, su sabor y su suavidad. Quería saber qué era lo que la excitaba, qué tenía que hacer para volverla loca.

La conocía como amiga, pero quería conocerla como amante.

Con cuidado, pasó la mano por la parte del torso que no se había golpeado y la agarró por la estrecha cintura.

–No deberías resultarme tan sexy –le dijo en un susurro–. No debería desearte tanto.

Ella echó la cabeza hacia atrás, él la besó en el cuello y luego fue bajando hasta llegar a los pechos.

Allí se detuvo porque no quería asustarla ni que se arrepintiese después.

La acarició justo en el borde del sujetador y se excitó todavía más.

–Yo… creo que deberíamos parar –le dijo Piper sin aliento.

Ryan no apartó las manos, no retrocedió, pero asintió.

–Mi cabeza opina lo mismo, pero el resto de mi cuerpo no está de acuerdo.

Ella sonrió.

–Todavía no puedo creer que mi mejor amigo se sienta atraído por mí, ni que bese tan bien. ¿Por qué no paramos aquí, por el momento?

Él la volvió a besar, solo un instante.

–Eres un caso perdido –comentó Piper riendo.

–Tienes razón.

Piper volvió a mirarlo y tomó su camisa. Ryan la ayudó a ponérsela con cuidado.

–¿Cómo puedo ayudarte? –le preguntó después–. Además de aliviándote el dolor con una apasionada sesión de sexo.

Ella se colocó la manta eléctrica y volvió a sonreír.

–Por tentador que me resulte tu ofrecimiento, me temo que hoy no tengo el cuerpo para hacer esfuerzos.

Ryan se puso en pie.

–Está bien. Dime qué es lo siguiente que quieres hacer en la casa. Ya que estoy aquí, me tendré que mantener ocupado.

–Aparte del tejado, necesito quitar los armarios de la cocina. He comprado unos nuevos, pero todavía no han llegado.

–¿Conseguiste aquellos con acabado en caoba que tanto te gustaban?

Ella cerró los ojos y suspiró.

–No, eran demasiado caros. He escogido otros, también de madera oscura, pero más baratos.

Ryan miró a su pequeña guerrera. La mujer que siempre pensaba que era capaz de hacerlo todo sola.

¿Por qué nunca le pedía ayuda? Por una vez, quería que le dejase ayudar.

–Podía haberte ayudado a pagar esos armarios.

Ella lo miró a los ojos.

–De eso nada, Ryan. Me parece ridículo. Estás gastándote mucho dinero en tu escuela y te acabas de comprar una casa enorme. Además, esta es mi casa y estaré encantada con los armarios baratos. Caros o baratos, todos sirven para guardar platos y comida.

Ryan sabía lo mucho que le habían gustado los otros armarios. La mayoría de las mujeres se volvían locas por los diamantes o por la ropa, pero Piper era feliz con sus camisas de franela y la lencería sexy debajo.

No quería siempre lo mejor y había hecho muchos recortes en su proyecto de reforma. Y estaba sacrificando algo que quería de verdad porque era práctica y no podía justificar aquel gasto extra.

–Entonces, ¿lo más urgente es el tejado y los armarios de la cocina?

–No hace falta que hagas nada. De verdad –respondió ella, mirándolo a los ojos–. Ya lo haré yo mañana.

Él pensó que no iba a permitirle que hiciese nada al día siguiente, pero no se lo dijo.

—Te lo preguntaba solo por curiosidad —comentó en vez de eso—. No pretendo hacerme cargo de tu proyecto. Además, todavía estoy dolorido después del accidente. Era solo por si tenías algo pequeño que pudiese hacer.

Ella sonrió.

—¿Qué te parece si comemos y dejamos a un lado el tema de la reforma?

—Dime qué quieres comer y te lo traeré —se ofreció.

—Puedo levantarme.

Piper se incorporó.

—Los analgésicos me están haciendo efecto. Además, cuanto más me mueva, antes se me pasará el dolor. No puedo seguir tumbada. Y he debido de perder un par de kilos, con todo lo que he sudado con esa manta eléctrica.

Él bajó la vista a su pecho.

—Al menos, no los has perdido en los lugares importantes.

Piper se puso en pie y le dio un golpe en el pecho.

—Eres un pervertido.

—Solo soy sincero —la corrigió él.

Piper se sentó en una de las sillas de la cocina mientras Ryan quitaba los muebles de la cocina y los sacaba al exterior por la puerta trasera... a pesar de sus quejas.

—No quiero que te molestes, Ryan.

Él sacó el último mueble a la calle y volvió a entrar secándose el sudor de la frente.

—Si fuese una molestia, no lo haría. Y, por mucho que protestes, quiero ayudarte. No podría marcharme a casa y dejarte sola. Además, quiero estar seguro de que no haces esfuerzos. Por otra parte, cuanto antes vuelva a funcionar esta cocina, antes podrás volver a ponerte a cocinar. Como ves, soy muy egoísta.

Habían comido unos sándwiches de jamón y unas patatas fritas de bolsa. Y Ryan la había convencido de que lo dejase empezar a desmontar la cocina y le había prometido que, si le dolía algo, pararía. Menuda pareja hacían. Los dos eran testarudos, los dos estaban lisiados... Pero Piper sabía que Ryan quería ayudarla de verdad, así que había decidido dejarle ganar aquella pequeña batalla.

—Sabía que tenías algún motivo oculto.

Él atravesó la cocina, abrió la nevera y sacó una cerveza, como había hecho tantas veces antes. A Piper le gustaba que se sintiese cómodo en su casa. Nunca había estado tan bien con ningún otro hombre. Ryan siempre había formado parte de su vida y no podría vivir sin él.

Lo vio dar un largo trago de la botella y admiró a su amigo, que se había quitado la camisa.

Cuando Ryan se pasó la lengua por los labios, Piper tragó saliva y trató de no pensar en el beso que se habían dado un rato antes.

—¿Quieres hablar de lo que estás pensando?

Piper lo miró a los ojos y lo vio sonreír porque sabía que le había adivinado el pensamiento.

—¿Cómo haces para saber lo que pienso? —le preguntó.

Él se encogió de hombros, dio otro trago de cerveza y suspiró.

—Digamos que es un don. Te conozco mejor que tú misma.

Ella puso los ojos en blanco.

—Está bien, don Listo, ¿en qué estaba pensando?

—Estabas pensando que tenías que haberme devorado entero hace un rato, en vez de haber echado el freno.

Piper se echó a reír.

—No. Inténtalo otra vez.

—Ah, es verdad, eso es lo que estaba pensando yo —se corrigió Ryan, dejando la cerveza y acercándose a ella—. Tú estabas pensando que el beso ha sido mucho más de lo que esperabas. Y te estabas preguntando si iba a volver a ocurrir o si era mejor no tentar a la suerte. Por si acaso el segundo beso no es tan bueno como el primero.

Ryan tomó sus manos y la ayudó a ponerse en pie. Sus rostros quedaron muy cerca el uno del otro y Piper tuvo que hacer un esfuerzo por respirar con normalidad. Tenía el corazón acelerado.

–Te da miedo admitir que te ha gustado y te preguntas qué habría pasado si no hubiésemos parado.

Piper lo miró fijamente a los ojos.

–Sé muy bien qué habría pasado.

–Y algún día… ocurrirá –susurró él.

Luego la agarró por los brazos, la apretó contra su pecho y devoró sus labios.

Y Piper se sintió… perfectamente bien. Sus cuerpos encajaban allí donde debían, haciendo que la imagen de ambos en una cama fuese más creíble y real.

Piper se estremeció solo de pensarlo. Una parte de ella quería ir más allá de los besos, pero a otra le preocupaba perder su amistad para siempre.

Pero, en esos momentos, con sus brazos sujetándola con fuerza, su erección apretada contra el vientre y sus labios haciéndole el amor, a Piper casi no le importó arriesgarse.

Casi no le importó que Ryan fuese su mejor amigo y lo más parecido a una familia que tenía.

Entonces recordó que era un vaquero. Que le gustaba la aventura y el peligro.

Lo mismo que a su padre.

Y a pesar de que los besos eran increíbles, supo que jamás se enamoraría de un vaquero. No podía repetir la historia de su madre.

Ryan iba a abrir una escuela de rodeo y quería establecerse en Royal, pero ¿y si se cansaba de vivir allí? ¿Y si necesitaba la adrenalina que solo los rodeos le podían proporcionar?

No obstante, lo abrazó por la cintura y permitió que sus besos la trasladasen a otro lugar. Un lugar en el que eran solo dos personas que se sentían atraídas la una por la otra... no dos personas destinadas a sufrir.

Porque, por mucho miedo que le diese que Ryan se volviese a marchar, no podía negar que estaba empezando a obsesionarse con su mejor amigo.

Capítulo Ocho

—No hace falta que te quedes.

Piper empujó el balancín del porche con el pie descalzo para ponerlo en movimiento. Ryan estaba tumbado en una hamaca, enfrente de ella.

—Ya lo sé –le respondió él–, pero quiero hacerlo. No tengo nada más que hacer.

Ella se echó a reír.

—Siempre me haces sentir muy valorada, me alegro de que estés aquí porque no tienes nada mejor que hacer.

—También prefiero estar aquí que castrando ganado, así que no pienses que eres la última en mi lista de prioridades.

Piper le tiró un cojín que había en el balancín y le dio con él en el pecho. Le dolió la espalda al hacer el movimiento, pero mereció la pena.

—Eres un sabiondo.

—Pero te gusto tal y como soy –murmuró él, sonriendo.

—Es verdad –admitió Piper, disfrutando de la brisa de la tarde.

Por un momento, se relajó por completo. Le

encantaba terminar el día sentada en aquel balancín.

Tal vez tuviese la casa hecha un desastre, pero la reforma iba avanzando y podría sentirse orgullosa de sí misma cuando la terminase.

−¿Te acuerdas de cuando pasábamos por aquí con las bicicletas? −le preguntó Ryan, rompiendo el silencio.

Piper miró hacia la acera que había entre la carretera y su jardín y casi pudo verlos a ambos, mucho más jóvenes, pedaleando. La bicicleta de Ryan había sido azul y negra, la suya, roja, con timbre. Y le había encantado ir detrás de él, tocando aquel timbre.

−Me acuerdo −dijo, sonriendo−. Creo que te dije que algún día esta casa sería mía.

−Siempre pensaste que tenía mucho potencial. Aunque no imaginé que te gustara tanto.

Piper se encogió de hombros.

−Siempre me pareció muy acogedora. Quería una casa en la que sentirme querida, y en esta siempre había juguetes en el jardín y una madre o un padre sentados en este balancín. Me parecía que había en ella la vida que yo quería.

−¿Y ahora? −le preguntó Ryan−. ¿Qué vida quieres?

Ella lo miró a los ojos.

−No me importaría tener esa vida. Aunque con mis horarios de trabajo, no sé si voy a conseguir salir con alguien.

–Trabajas demasiado.
–No todos somos estrellas del rodeo y ganamos mucho dinero con facilidad.

Ryan le tiró el cojín de vuelta.

–Yo no soy ninguna estrella, pelirroja. Solo soy un hombre que va a abrir una escuela en un rancho. Estoy dispuesto a tener una vida sencilla.

Piper se abrazó el cojín al pecho.

–Tal vez estés dispuesto a ello, pero te conozco. Si te llamasen y te pidiesen que volvieses a los rodeos, lo harías.

–Quiero la vida que tuvieron mis padres –dijo él–. Quiero el amor que ellos compartieron antes de que mi madre muriese, antes de que mi padre dejase que la culpabilidad se lo comiese vivo. Sé que el amor existe. Lo he vivido y sé que puede durar para siempre.

A Piper se le hizo un nudo en la garganta. La madre de Ryan había fallecido en un accidente de tráfico, su padre iba al volante y se había sentido culpable de la tragedia. Se había deprimido y había fallecido de un infarto cuando Ryan estaba en el último año de instituto.

Piper sabía que ese era otro motivo por el que Ryan había decidido marcharse de allí, para intentar escapar de los dolorosos recuerdos.

–¿Estás seguro de que no van a volverte a entrar ganas de viajar? –le preguntó–. Llevas seis meses en casa, todo un récord. ¿Qué pasará cuando se hayan terminado las vacaciones? ¿No te aburrirás?

Ryan negó con la cabeza.

—Estoy demasiado ocupado como para aburrirme. Me he retirado del circuito, para siempre.

El padre de Piper también lo había hecho. Dos veces.

—Yo no soy él, Piper.

Ella lo miró al oír aquello.

—Tal vez pienses que nos parecemos en muchas cosas, pero mi lealtad hacia ti es otra.

—Es difícil no pensar en lo mucho que os parecéis.

Ryan se levantó, puso los brazos en jarras y miró hacia la luna llena que iluminaba la noche.

—Sabes que nunca te he dejado. Nunca. Siempre he estado a tu lado cuando me necesitabas. Y siempre lo estaré.

Piper suspiró.

—Lo sé. Y lo siento. Hoy estoy un poco rara. Entre esta casa y lo mucho que me duele la espalda, no me siento bien.

Él sonrió.

—Tienes derecho a sentirte mal cuando piensas en tu padre.

—Sí, pero no debería pagarlo contigo —admitió Piper, poniéndose en pie y acercándose a él para abrazarlo por la cintura—. Sé que no debo compararos. Tú eres leal, honesto y una persona en la que se puede confiar.

Ryan se echó a reír.

–Acabas de describir al perro perfecto –comentó, poniendo un brazo alrededor de sus hombros.

–Ya sabes lo que quiero decir. Sé que puedo confiar siempre en ti. Lo nuestro es mucho más fuerte de lo que tienen muchas familias o matrimonios.

–Por eso somos la pareja perfecta.

–¿Estás hablando otra vez de sexo?

Ryan la giró para que lo mirase y sonrió.

–Soy un hombre. Siempre estoy pensando en el sexo.

Ella se echó a reír.

–No sé si te has dado cuenta, pero no hay muchos hombres que se acerquen a mí con esas intenciones.

–Ellos se lo pierden. Yo sé lo que hay debajo de esa camisa y cómo eres por dentro. El hombre que no te sepa apreciar es un idiota.

Piper lo miró fijamente, al parecer, Ryan estaba hablando en serio.

–En ese caso, solo he debido de salir con idiotas –murmuró–. ¿Por qué estamos hablando de mi vida sexual?

Ryan le dio un beso en los labios.

–Porque quiero formar parte de ella.

Ella dio un grito ahogado al sentir que la agarraba con fuerza por el trasero y la apretaba contra su cuerpo. Ya estaba excitado.

Él empezó a retroceder hacia la hamaca y

ella tuvo que seguirlo. Bueno, pudo no hacerlo y romper aquel beso tan increíble, pero no quiso.

Sin separar los labios de los de ella, Ryan se sentó en la hamaca y colocó a Piper a horcajadas en su regazo.

Ella se dio cuenta de la intimidad de la postura, teniéndolo entre los muslos, con el pecho apretado al suyo. Ryan siguió besándola y le acarició la espalda por debajo de la camisa de franela.

Piper se alegró de haberse dado una ducha un rato antes, con él ya en casa. No se había arreglado el pelo, ni nada, pero se había quitado la ropa del día anterior y estaba limpia.

—Ryan —balbució, casi sin aliento—, ¿qué estamos haciendo?

—Meternos mano, pero no te preocupes, no vamos a dejar que se nos vaya de las manos —le contestó mientras empezaba a desabrocharle la camisa.

A Piper le entraron ganas de reírse, pero Ryan ya había empezado a acariciarle los pechos. Pensó que aquello se les había ido de las manos desde que se habían dado el primer beso.

Y hacer aquello con treinta años era... patético. Tenía que haber otra manera, menos juvenil, de describirlo.

Pero, aunque hubiesen perdido el control, a ella le daba igual porque en esos momentos ya no podía seguir pensando.

Sabía que ya no había marcha atrás, aunque aquello estaba yendo demasiado deprisa. Llevaban varios días dándole vueltas al tema, pero ella seguía viéndolo como su mejor amigo y no quería poner eso en peligro por una aventura.

Él pasó la lengua por el borde de su sujetador y Piper tuvo que admitir que se sentía cómoda con la idea de que Ryan la volviese loca de deseo.

Arqueó la espalda porque no era capaz de controlar su cuerpo y él terminó de desabrocharle la camisa y la abrazó por la cintura.

Piper sintió sus manos ásperas y se preguntó cómo sería tenerlas por todo el cuerpo. Se aferró a los hombros de Ryan y apretó las rodillas contra sus muslos mientras él tomaba su pecho con una mano y pasaba la lengua por el pezón.

–Ryan –susurró–, estamos en el porche.

Él levantó la cabeza y sonrió.

–Ya lo sé.

No obstante, no había vecinos cerca y había arbustos alrededor de todo el porche.

Además, Piper no quería parar para entrar en casa. Aquello le estaba gustando demasiado.

Cuando Ryan llevó la mano al botón de sus pantalones vaqueros, Piper se quedó de piedra.

–¿Ryan?

–Shh. No pasa nada. Sé que no estás preparada, pero quiero que sientas. Quiero que te des cuenta de que esto está bien –le dijo, desabrochándole los vaqueros–. Confía en mí.

Piper había confiado en él toda la vida, y seguía haciéndolo.

–Levántate un poco.

Ella se sustentó en las rodillas y apoyó la frente en la de él. Contuvo la respiración y vio que Ryan metía la mano por debajo de sus braguitas.

–No te pongas tensa ahora, pelirroja.

Piper cerró los ojos mientras él la acariciaba y, cuando quiso darse cuenta, estaba balanceando las caderas contra su mano.

–Estás preciosa –susurró él.

Ella lo miró a los ojos y siguió moviéndose cada vez con más rapidez. Necesitaba más y no sabía cómo pedirlo. No se sentía incómoda y no quería estropear el momento.

–No hay prisa –le dijo él–. Podría estar tocándote, mirándote, toda la noche.

–Ryan... yo...

–Lo sé.

La besó y siguió acariciándola hasta que Piper no pudo soportarlo más y decidió rendirse.

No iba a intentar controlarse por miedo a perder su amistad. Nada iba a impedir que disfrutase de lo que Ryan le estaba dando en ese momento.

Gimió contra sus labios al perder el control

de su cuerpo y notar que sus músculos internos se sacudían de placer.

Ryan siguió acariciándola y ella no supo qué hacer, pero sí que el siguiente paso sería acostarse con él.

Y estaba empezando a preguntarse por qué había tardado tanto en darse cuenta de que tal vez no fuese tan mala idea.

Capítulo Nueve

Piper se limpió las mejillas justo antes de llegar a casa. Después de varios años en aquel trabajo, tenía que haberse acostumbrado a la muerte, pero cada vez que perdían a un paciente de camino al hospital, se lo tomaba de manera personal.

Siempre se hacía muchas preguntas. Si podía haber llegado antes... Si los coches que habían encontrado por la carretera se hubiesen apartado al ver la ambulancia, en vez de hacerles perder el tiempo... El tiempo era crucial cuando había una emergencia y el paciente de aquel día no lo había tenido a su favor. Aunque Piper sabía que, aunque hubiesen llegado antes al hospital, habría sido difícil salvarle la vida, pero era humana y no podía evitar sentirse culpable.

Sobre todo, con aquel paciente. Un padre joven que había caído al suelo fulminado mientras hacía deporte. Piper jamás olvidaría la expresión de horror del rostro de su mujer mientras se apretaba contra el pecho al bebé que tenía en brazos.

La vida era injusta y Piper estaba harta de que pasasen cosas malas a su alrededor. Alex todavía no había recuperado la memoria, pero hacía varios días que estaba en casa. Con un poco de suerte, estar en un lugar conocido despertaría algo en él.

Cara no se separaba de su lado, aunque Piper sabía que estaba muy mal y que lo único que la mantenía con fuerzas era la esperanza de que Alex volviese a ser el de siempre y pudiesen volver a convertirse una pareja feliz.

Vio el coche de Ryan aparcado en su jardín trasero. ¿Qué demonios hacía allí?

Detuvo el coche justo delante del garaje y tomó su bolso. Mientras rodeaba la casa, oyó la música favorita de Ryan, heavy metal, a todo volumen.

Eso era algo en lo que no coincidían, aunque si aquel era su único defecto, no estaba tan mal. Por suerte, no había vecinos cerca.

Piper entró en la cocina y dejó caer el bolso al suelo. Ryan se giró, sonrió y alargó la mano para bajar el volumen de la radio.

–Llegas antes de lo que pensaba –le dijo–. Esperaba haber terminado para cuando volvieses.

Piper no supo adónde mirar. Ryan se había quitado la camisa y tenía el pecho brillante de sudor, y por otra parte estaban los armarios nuevos.

No solo eran nuevos, sino que eran los que le habían gustado al principio, pero que eran demasiado caros.

Aquello fue la gota que colmó el vaso en aquel día lleno de emociones, y Piper se puso a llorar.

—Pelirroja, son solo unos armarios –le dijo él, acercándose y agarrándola de los hombros, obligándola a mirarlo–. No pretendía hacerte llorar. Pensé que te pondrías contenta.

Piper sacudió la cabeza y respiró hondo.

—No puedo creer lo que has hecho, Ryan... ¿Por qué has cambiado mi pedido?

Él se encogió de hombros.

—Porque es lo que tú querías.

Ella quiso enfadarse, pero no podía hacerlo porque Ryan había hecho aquello para hacerla feliz. Así había sido siempre, desde el momento en el que se había acercado a ella en el patio del colegio para que no se sintiese sola.

—Son muy caros –insistió.

Ryan se encogió de hombros.

—Solo he pagado la diferencia. Tú has pagado mucho más. Y me parece que estos muebles hacen que la cocina sea mucho más elegante.

—Son perfectos –admitió Piper, mirándolo a los ojos–. No sé cómo te lo voy a agradecer.

—No quiero que me lo agradezcas. Lo he hecho porque me importas y porque quiero verte feliz –le dijo, frunciendo el ceño después–. ¿Por qué has llegado a casa con tantas ganas de llorar?

Piper retrocedió, se limpió la cara e intentó sonreír.

—Por nada.

—A mí no me puedes mentir, cariño. Dime qué ha pasado. ¿Tiene que ver con Alex?

—No, no. Hablé con Cara anoche y todavía no ha recuperado la memoria.

—¿Te ha pasado algo en el trabajo?

Piper se giró hacia los armarios y deslizó la mano por uno de ellos. Luego se acercó a la ventana frente a la que iba a estar el fregadero y miró hacia el jardín.

—Hemos perdido a un paciente de camino al hospital —respondió—. Más o menos de nuestra edad. Casado y con un bebé.

—Lo siento.

Piper se giró y se apoyó en los armarios.

—Ha sido justo antes de que terminase mi turno y había pensado llegar a casa, meterme en la bañera y hartarme de llorar. No sabía que iba a tener compañía.

Ryan se acercó a ella y le puso las manos en las mejillas.

—Yo no soy compañía, pelirroja. Si quieres llorar, hazlo. Aquí están mis hombros.

Piper se resistió un segundo, hasta que Ryan la abrazó. Entonces lo rodeó con los brazos por la cintura y apoyó la mejilla en su pecho caliente, desnudo.

—No tienes por qué intentar siempre ser fuerte, Piper —le dijo él, acariciándole la espalda antes de soltarle el pelo y enterrar las manos en él—. No tienes que hacerte la fuerte delante de mí. Sé tú misma. Nadie se va a enterar de que has tenido un momento de vulnerabilidad.

Nadie, salvo ella. Por desgracia, no pudo seguir conteniendo la emoción. Empezó a sollozar.

Aspiró su olor y no le importó que estuviese sudado.

–Tenías que haber visto la cara de su mujer –balbució–. Abrazando al bebé, con esperanza en la mirada, a pesar de saber que no iba a superarlo. No podría volver a mirarla, Ryan. Soy una cobarde. Sabía que se nos estaba yendo y quería meterlo en la ambulancia antes de que lo hiciese. No quería que su mujer viese aquello.

–Has hecho lo que tenías que hacer.

Piper estaba temblando, no podía dejar de llorar.

–No he podido hacer nada para salvarlo y ese bebé va a crecer sin padre, y esa mujer va a estar sola.

Ryan entendió que aquel caso la hubiese afectado tanto. A pesar de que el padre de Piper no había fallecido, sí había desaparecido de su vida. Y ella seguía sintiendo ese vacío, jamás había podido llenarlo.

–No puedes salvar a todo el mundo –le dijo él–. Eres humana. Solo Dios decide quién se queda y quién se va.

Piper apoyó las manos en su pecho y levantó el rostro para mirarlo.

Él le limpió las mejillas y le sujetó la cara con ambas manos.

–Siento haberme venido abajo delante de ti.

Ryan sonrió y le mordisqueó los labios.

–Yo no. Me gusta que te apoyes en mí. Quiero estar ahí para ti, Piper. Para lo que haga falta.

¿No se daba cuenta de que había vuelto para quedarse? ¿Que por fin estaba preparado para echar raíces?

–¿Qué pasa con el aire acondicionado? –preguntó, para intentar que Piper pensase en otra cosa.

–Lo siento, pero no han podido venir. Y yo ya me he acostumbrado al calor. ¿Llevas todo el día trabajando con esta temperatura?

Él se encogió de hombros.

–Estamos en Texas. Puedo soportar el calor.

Ella lo miró a los ojos y Ryan se acercó más. Muy despacio, por si Piper no estaba preparada. Necesitaba probarla y demostrarle que era especial, que también la quería cuando se mostraba vulnerable... sobre todo cuando se mostraba vulnerable y bajaba la guardia.

Puso la mano en su nuca y susurró:

–Detenme. No dejes que vuelva a hacer esto.

–No puedo.

Él tampoco podía.

Así que la besó apasionadamente y, como en cada ocasión, pensó que aquello era perfecto. Tal vez Piper fuese la mujer de su vida. Tal vez fuese la mujer con la que tenía que envejecer.

Ella lo abrazó por el cuello y le acarició el pelo húmedo de sudor. Sus gemidos lo llenaron mientras sus lenguas se entrelazaban.

Ryan bajó las manos por su espalda y la agarró del trasero para apretarla contra sus caderas, para que se diese cuenta del efecto que tenía en él. Su relación iba mucho más allá de la amistad y no había cambiado a partir del primer beso, sino antes, cuando él había decidido volver a vivir en Royal y se la había imaginado desnuda en su cama.

Agarró su camisa y se la sacó de los pantalones. Necesitaba piel, su piel. Aquella piel suave y delicada que tanto le gustaba acariciar. Y quería que Piper se diese cuenta de lo especial que era para él.

Le desabrochó el cinturón y los pantalones, y ella gimió su nombre.

–¿Qué ocurre?

–Yo... –balbució Piper, humedeciéndose los labios.

Luego cerró los ojos y sacudió la cabeza.

–Tienes razón, no podemos hacerlo –admitió él–. Tú estás muy vulnerable y yo, muy caliente.

–Qué franqueza.

–Siempre he sido así.

–Sí. Por eso te admiro y por eso me importas tanto.

Ryan la vio abrocharse el cinturón con manos temblorosas y supo que tenía que marcharse de allí y alejarse de la tentación de estar con ella a solas.

–¿Te apetece que salgamos esta noche? –le preguntó.

–¿Qué tienes en mente? –le preguntó ella.
–Podríamos ir a Claire's.

Piper sonrió de oreja a oreja y a Ryan se le encogió el estómago.

–Encantada. Es exactamente lo que necesito.
–Antes tengo que hacer un par de cosas para la escuela. He dejado a unos hombres trabajando allí y tengo que hablar con ellos antes de que se marchen, pero puedo volver dentro de un par de horas.

Le dio un beso en la mejilla.

–Intenta dejar la franela y los vaqueros en casa, ¿de acuerdo, pelirroja?

Ella puso los ojos en blanco y luego fue hacia su habitación.

–Cierra la puerta al salir.

Ryan fue silbando hacia su coche, sabiendo que, aunque Piper apareciese esa noche vestida con vaqueros, camisa de franela y botas, le encantaría cenar con ella en el único restaurante elegante que había en Royal. Nunca le había importado lo que dijese la gente.

Estaba deseando llevar a Piper a Claire's. Nunca habían ido juntos y quería marcar el terreno, por mal que sonase. Quería que Piper se acostumbrase a la idea de que iba a quedarse en Royal y que pretendía que sus vidas se entrelazasen. Para siempre.

Capítulo Diez

Aquello era una tontería.

Piper se miró al espejo, vestida solo con un conjunto de ropa interior de encaje negro. Era lo más bonito que tenía en el armario, porque el resto era prácticamente todo camisas de franela y vaqueros. Tenía un par de vestidos porque había asistido a varias bodas en los últimos meses, pero no se quería poner tan elegante para ir a Claire's. Aunque tampoco podía ir allí en pantalones vaqueros.

Suspiró y miró el reloj de su mesita de noche. Ryan volvería en unos treinta minutos, recién afeitado y muy sexy. Daba igual lo que llevase puesto, bastaba con que se pusiese el sombrero vaquero para que pareciese recién salido de un calendario de guapos vaqueros.

Volvió a mirar en el armario y repasó otra vez los vestidos. Su favorito era el azul, porque era sencillo, pero supo que si se lo ponía llamaría la atención.

Miró el negro, que también era bonito y la haría pasar desapercibida. Así que se decidió por él y lo descolgó antes de poder cambiar de opinión. A pesar de que odiaba los vestidos, no quería avergonzar a Ryan, que la había invitado a cenar para intentar que olvidase el horrible día que había tenido... y también para salir de su casa, en la que la tensión sexual era inevitable.

Piper no sabía si Ryan consideraría aquello como una cita. ¿Estaría intentando ir más allá de la amistad y hacer que su relación fuese más íntima? Ella tenía tantas dudas, tantas preocupaciones...

Pero esa noche no iba a analizarlo todo. No, no iba a hacerlo. Se había prometido a sí misma que iba a disfrutar de la compañía de Ryan, y lo haría del mismo modo que cuando iban a comerse un trozo de tarta a la cafetería. Salvo que en esa ocasión irían más arreglados, cenarían carne y utilizarían las servilletas de tela de Claire's.

Se puso el vestido por la cabeza y gimió para sí. Era la típica pelirroja de pelo rizado, ojos verdes y figura curvilínea. No era rubia y delgada, sino pelirroja y con curvas.

Miró el vestido y se preguntó si, con él puesto, parecía una fulana. Así que se lo volvió a quitar, lo tiró encima de la cama y volvió a mirar en el armario. Encontró un vestido verde que hacía juego con sus ojos y rezó por que no estuviese ridícula con él. Lo había comprado para la boda de una amiga suya, pero todavía tenía la etiqueta puesta.

A aquel paso, iba a tener que llevar los vestidos

a la habitación de invitados porque no le iban a caber en el armario. Aunque no le gustase ir con vestidos, disfrutaba poniéndoselos para las bodas de sus amigas.

Tuvo que admitir que aquel vestido, ajustado y sin mangas, le sentaba mucho mejor. Además, iba a salir con Ryan, y seguro que a él le daba igual lo que se pusiese.

Decidió pensar en los zapatos. No podía ir con botas y, aparte de eso, tenía unas zapatillas de deporte y unas sandalias de vestir con poco tacón.

Se puso las sandalias plateadas y unos pendientes e intentó domar su pelo, lo que siempre era una batalla perdida. No obstante, se recogió el pelo para no parecer un payaso.

Se puso un poco de maquillaje y más brillo de labios del habitual y entonces oyó que la puerta se abría y se cerraba y el ruido de las botas de Ryan en el suelo de madera del salón.

—¿Todavía estás en la ducha, pelirroja?

—Ya te gustaría —respondió.

Él se puso a silbar y Piper tomó su bolso de encima de la cama y entonces lo vio en la puerta. Ryan la miró de arriba abajo muy despacio.

—No me mires como si no quisieras que saliésemos de esta habitación —bromeó ella, nerviosa de repente.

—Por mí, perfecto —dijo él—. Estás estupenda. ¿Por qué no me torturas un poco más y me cuentas qué llevas debajo de ese vestido?

—Encaje negro.

Ryan cerró los ojos y suspiró.

—Por preguntar.

Piper se colgó el bolso del hombro y fue hacia la puerta.

—Vamos, grandullón, no sea que perdamos la reserva.

—Yo preferiría ir hacia la cama —protestó Ryan.

Ella también, pero alguien tenía que ser sensato y, por el momento, parecía que le había tocado a ella. Se preguntó qué pasaría cuando se acostasen juntos.

Porque estaba segura de que ocurriría, ya se había resignado. Quería conocerlo de manera más íntima, sí, pero todavía no estaba segura de estar preparada.

Tenía la mano en el pomo de la puerta cuando unas manos fuertes la agarraron por los hombros y la hicieron girar, atrapándola contra la puerta.

—No estás jugando limpio —murmuró él.

—No estoy jugando.

Ryan bajó la vista a sus labios.

—Ese es el problema, que me estás volviendo loco sin tan siquiera intentarlo.

A ella le gustó saber que tenía ese poder.

—Tú también estás muy sexy, vaquero —comentó.

Llevaba una camisa negra y no se había puesto el sombrero.

—¿Has conseguido llegar a tiempo para hablar con esos hombres del nuevo granero?

Ryan esbozó una sonrisa.

—¿Estás intentando distraerme?

—Solo estoy intentando estar centrada para que podamos llegar al restaurante.

—¿Estás segura de que no quieres que nos quedemos aquí? —susurró él, con la vista clavada en sus labios—. No quiero pensar en la escuela ni en nada más. Solo en nosotros. Y en lo que estamos sintiendo, sea lo que sea.

La idea era tentadora, pero Piper supo que tenía que tomarse aquello con calma. No podían estropear veinte años de amistad por un par de horas de tórrida pasión. Había que pensar a largo plazo.

—Dame un poco de tiempo.

—Hace mucho que nos conocemos, ¿qué más da esperar unos días más? —dijo él sonriendo, mirándola a los ojos—. La espera merece la pena, pero eso no significa que no pueda darte, y darme, algo en lo que pensar.

Empezó a besarla despacio y poco a poco más apasionadamente y Piper estuvo a punto de derretirse contra él. Sabía lo que Ryan estaba haciendo. Estaba intentando seducirla.

Ryan se apretó contra ella un poco más. Estaban unidos del torso a las rodillas y lo único que los separaba era la ropa. Maldita ropa.

Piper estuvo a punto de volverse loca de deseo, pero entonces Ryan retrocedió y sonrió. Le dedicó la misma sonrisa que esbozaba ante las cámaras cuando le preguntaban por un rodeo. En aquella sonrisa no había amor y Piper iba a tener que preguntarse qué significaba aquello.

–¿Estás preparada? Me muero de hambre. Espero que seas capaz de mantener las manos alejadas de mí esta noche.

Ella le dio un golpe en el pecho y abrió la puerta.

–Intentaré resistirme y te dejaré que cenes sin molestarte.

–Bueno, puedo hacer algún sacrificio si te apetece molestarme, pelirroja. De hecho, podría comerme la carne, beberme una cerveza y disfrutar mientras me molestas al mismo tiempo. Soy multifunción.

Al salir al porche, el aire cálido de la noche los recibió.

–Esa es una respuesta típica de un hombre.

–Es que soy todo un hombre. Avísame cuando quieras que te lo demuestre.

Fueron juntos hasta su coche y Ryan le abrió la puerta.

Piper estaba entrando en él cuando Ryan le puso las manos en el trasero.

–¿Necesitas ayuda? –preguntó.

Ella lo miró por encima del hombro.

–Aparta las manos.

–Solo quería ayudarte.

–Te estás pasando –respondió ella, dándole un manotazo.

Luego se sentó y lo fulminó con la mirada.

–He subido sola a este coche durante años. Y jamás te has ofrecido a ayudarme.

–Yo solo quería ayudarte. Me siento herido.

Ryan cerró la puerta mientras ella se reía y cruzaba las piernas. Aquella iba a ser una «cita» muy interesante, si Ryan seguía intentando seducirla. Y a ella le gustaba.

Ryan pensó que se iba a morir. No podía soportarlo más. Entre el ambiente romántico de Claire's y el vestido de Piper, no supo si iba a llegar al final de la cena.

Por suerte, había llegado la carne y podía concentrarse en ella y no en el escote del vestido.

¿Cómo iba a conseguir pedir el postre, si solo podía pensar en comerse lo que tenía delante?

–Como no dejes de mirarme como a un trozo de tarta de chocolate, vas a conseguir que nos echen de aquí.

Ryan sonrió.

–Es una pena que no lo seas.

–¿Por qué no intentas pensar en otra cosa? ¿En tu nueva escuela? ¿En Alex? En lo que sea.

–Supongo que sí. La escuela va bien y tengo a un par de adolescentes que me están ayudando. He pensado en contratarlos para que ayuden a otros niños más pequeños y, al mismo tiempo, entrenarlos un poco más para que estén preparados para el circuito. Hay uno de ellos en particular que tiene mucho potencial.

–Eso es estupendo –dijo Piper sonriendo–. Lo vas a hacer estupendamente, Ryan, estoy segura.

A Ryan le gustaba su sonrisa, le encantó verla tan emocionada como él mismo acerca del proyecto.

–¿Alguna novedad respecto a Alex? –le preguntó.

–Cara no me devolvió la llamada ayer, así que no sé nada –contestó Piper, echándose hacia delante y apoyando los codos en el mantel blanco–. Odio molestarla tanto, pero estoy preocupada y, además, no quiero que piense que no me importa.

–Cara tiene muchos amigos que se preocupan por ella, estoy seguro de que estará bien.

Piper volvió a sonreír.

–¿Ves?, has conseguido estar diez segundos enteros sin coquetear conmigo ni hablar de sexo.

–Lo estoy intentando.

–Sé de un tema que te va a dejar helado –le dijo–. Tengo que sustituir el equipo de urgencias de la guardería. Al final no pude hacerlo el otro día.

–Todavía me enfado cuando pienso en que alguien ha destrozado un lugar pensado para niños pequeños solo porque opina que no puede haber mujeres en el club.

–Y a mí me encanta que no estés de acuerdo con ellos.

–Nos había parecido que erais vosotros.

Ryan y Piper se giraron y vieron a Dave Firestone y a Mia Hughes, que se acercaban a la mesa. Dave era el rival de Alex en los negocios y Mia, su guapa prometida, el ama de llaves de Alex. Un cierto conflicto de intereses, pero que no parecía evitar que su relación funcionase.

–Estás muy guapa, Mia –comentó Piper sonriendo de oreja a oreja–. ¿Vais a celebrar algo especial, aparte de que estáis prometidos?

Mia le dio una palmadita a Dave en el brazo.

–Que estamos prometidos y que Alex ha vuelto. Estamos intentando encontrar una fecha para la boda.

–¿Se ha puesto en contacto con vosotros la policía desde que Alex ha vuelto? –preguntó Dave.

–Hablamos con ellos en el lugar en que apareció y después he ido el otro día para volver a contarles todo lo que sabía –respondió Piper.

–Nathan Battle pasó por mi rancho hace varios días –añadió Ryan, refiriéndose al sheriff, que también era su amigo–. Espero que atrapen al canalla que está detrás de todo esto. Nathan está decidido a hacerlo.

Dave agarró a Mia de la cintura.

–Al menos, podemos seguir adelante con la boda sin sentir que falta alguien.

–¿Ya tienes el vestido? –le preguntó Piper a Mia.

Ella sonrió.

–Sí, y es perfecto.

—¿Y de qué color van tus damas de honor?

—Estoy pensando en buscar un tono neutro para que destaquen las flores, pero todavía no estoy segura.

Ryan vio cómo se le iluminaba a Piper el rostro al hablar de la boda. Se la imaginó vestida de blanco y con el pelo suelto.

Y apartó la imagen de su mente. ¿De verdad estaba preparado para ser el hombre que la esperase junto al altar?

—Me alegro por vosotros —les dijo a ambos—. ¿Queréis sentaros con nosotros? Íbamos a pedir el postre.

—No —respondió Dave—. Ya nos hemos tomado nuestra ración de tarta de chocolate. Estamos pensando en servirla para la boda, así que queríamos probarla otra vez.

—No sabéis la de sacrificios que estamos haciendo —bromeó Mia.

—¿Seguro que no queréis sentaros? —insistió Piper.

Dave y Mia se miraron a los ojos y se sonrieron.

—Tenemos que marcharnos a casa —dijo Dave sin apartar la vista de su prometida—, pero nos alegramos de haberos visto juntos. Tal vez haya otro compromiso pronto…

Piper se quedó boquiabierta y Ryan se echó a reír.

—No querríamos quitaros el protagonismo.

Cuando se hubieron alejado, Ryan miró a Piper y vio que ella lo estaba fulminando con la mirada.

–Has dejado que pensasen que salimos juntos.

–¿Y acaso no es cierto?

–Pero no tienen por qué saberlo.

Ryan alargó la mano por encima de la mesa y tomó la suya.

–Escucha, será mejor que te vayas haciendo a la idea de que quiero estar contigo. Y no solo en la cama, Piper. Te quiero en mi vida como algo más que una amiga. Y, si te da miedo, bienvenida al club, pero quiero que todo el mundo nos vea como a una pareja.

Ryan se inclinó hacia delante y tiró de ella para que lo imitase.

–Y también quiero que te acostumbres a la idea de que, algún día, muy pronto, estarás en mi cama.

En el camino de vuelta a casa de Piper, Ryan se sintió más que frustrado, pero, como se trataba de Piper, pensó que no iba a intentar presionarla. Era una mujer muy independiente y testaruda, que siempre conseguía lo que se proponía. Y él estaba deseando cambiar su papel de cazador por el de presa.

Al llegar a su casa, detuvo el coche y paró el motor.

–Te acompañaré dentro.

Cuando quiso darle la vuelta al coche, ella ya estaba fuera.

—Tenías que haber dejado que te abriese yo la puerta —le dijo, tomando su mano para guiarla por el camino.

—Soy capaz de salir sola de un coche, Ryan.

Él la miró, Piper resplandecía bajo la luz de la luna.

—Sé de lo que eres capaz —murmuró, acercándose más—. Lo sé todo de ti, pelirroja, pero quiero que sepas que estamos empezando a salir juntos, como pareja, y quiero hacer más por ti. Te mereces a un hombre que te trate como a una señora, y no como a un amigo más.

—Tú siempre me has tratado como si fuese otro de tus amigos —le respondió ella.

Ryan le apretó las manos y sonrió.

—Pues te aseguro que no pienso en ti como en un amigo más. Y quizás haya llegado el momento de que te trate mejor. Eres una señora y yo sé que debajo de las camisas de franela y los pantalones vaqueros, vistes como tal. ¿Por qué no muestras más esa parte de ti?

Piper se encogió de hombros.

—Nunca lo he hecho. Estoy cómoda con mi ropa de siempre.

—Pues ahora estás preciosa y parece que estás cómoda —le dijo él, dándole un suave beso en los labios—. Dime que no te sientes fuera de tu elemento, arreglada y saliendo conmigo.

Ella cerró los ojos un instante.

—No. Me siento...

—¿Cómo? —susurró Ryan—. ¿Qué sientes?

Piper levantó el rostro hacia la luna, que iluminó su cuello y su escote, y Ryan deseó acariciar aquella piel suave.

Y lo hizo.

Empezó por la parte más baja del escote y fue subiendo suavemente las puntas de los dedos por su garganta. Luego volvió a bajar.

De repente, Piper tomó su rostro con ambas manos y apretó el cuerpo contra el de él para besarlo apasionadamente. Gimió y después retrocedió, pero sin soltarle el rostro.

–Me haces olvidar que tengo que ser la fuerte de los dos –le dijo–. Me haces querer cosas que no debería querer, pero también haces que me pregunte por ellas. No sé si podríamos estar mejor. No me imagino nada mejor de lo que ya tenemos.

Ryan la imitó y tomó su rostro entre las manos.

–Yo estoy seguro de que podemos estar mejor. Lo sé porque no voy a permitir que nuestra relación haga nada que no sea mejorar. Sé que tú tienes miedo, por tu padre...

–Ryan...

–No, escúchame –la interrumpió él, mirándola a los ojos–. Me importas más de lo que pensaba que era posible. No me compares con un hombre que solo se acuerda de ti un par de veces al año. Yo te conozco mucho mejor de lo que jamás te conocerá él. Y me importas mucho más de lo que nunca le has importado a él.

Piper cerró los ojos.

–Eres muy bueno conmigo, Ryan, pero no puedo evitar tener miedo. Nunca he vivido sin él.

–Pues tal vez debieras empezar a hacerlo.

Ryan le dio un beso en la mano y después retrocedió.

–Y, cuando hayas vencido ese miedo, quiero ser el primero en saberlo.

Sin más, Ryan tomó la decisión más difícil hasta la fecha. Volvió a su coche y se apartó de la tentación.

Capítulo Once

Piper paró el coche en el aparcamiento del Club de Ganaderos de Texas y suspiró.

Desde la noche anterior, no había podido dejar de pensar en el beso que había compartido con Ryan ni en sus palabras. Él le había dicho lo que sentía sin ningún reparo. Siempre había sido así: despreocupado, libre y valiente.

Pero él había tenido una vida estable y nunca le habían hecho daño. Siempre había sabido lo que quería y había luchado por conseguirlo.

Y, al parecer, en esos momentos su objetivo era ella.

Con un nudo en el estómago, Piper bajó del coche y fue en dirección al club, un edificio grande, de una sola planta, al que hasta hacía poco tiempo solo habían podido acceder hombres.

Entró en él y fue hacia donde estaba la guardería. A algunos hombres les había molestado mucho que se hubiese instalado en la antigua sala de billar. Ella no estaba allí para juzgarlo, sino solo para reponer los equipos de reanimación cardiopulmonar y proporcionar la certificación al personal.

Fue hacia las oficinas y vio a una mujer rubia y menuda que estaba concentrada en un papel.

–Buenos días.

La mujer levantó la vista.

–Ah, disculpa. Estaba perdida en mis pensamientos. ¿En qué puedo ayudarte?

–Soy Piper Kindred, la paramédico que tiene que sustituir el equipo y dar la certificación al personal de la guardería.

–Yo soy Kiley Roberts, la nueva directora de la guardería. Encantada de conocerte.

–Vine el otro día a ver cómo estaban los aparatos, pero no estabas aquí. ¿Podemos echarles un vistazo ahora?

–Por supuesto. Vamos.

Kiley marcó un código de seguridad para que se abriese la puerta que daba a las instalaciones.

–Lo he ordenado todo después de que viniese la policía, pero no sé qué habrá que sustituir.

Piper tomó la bolsa en la que llevaba todo el material.

–Vamos a verlo.

–¿También eres miembro del club? –le preguntó Kiley, encendiendo la luz de la pequeña habitación en la que estaba guardado el equipo médico.

–No, estoy demasiado ocupada como para meterme en esta batalla.

–A mí me han hablado desde ambos bandos y no entiendo que algunos hombres que votaron contra la guardería quieran compartir sus quejas conmigo, pero yo los escucho. La mayoría de las veces, cuando alguien se queja es solo para desahogarse y sentirse mejor –comentó Kiley sonriendo–, pero me parece una tontería que sigan dándole vueltas al tema.

Piper abrió su bolsa y sacó varios botiquines básicos.

–Es solo cuestión de tiempo que entren en razón. Además, me parece que las pocas mujeres que son miembros del club son bastante fuertes.

–Eso pienso yo también. ¿Puedo ayudarte en algo?

Piper miró los botiquines dañados y decidió tirarlos todos.

–Puedes hacerme compañía –le respondió–. Salvo que tengas que volver al trabajo.

–La verdad es que me encanta mi trabajo, pero odio la parte administrativa.

Piper se echó a reír.

–Háblame de ti. ¿Tienes hijos?

–Tengo una hija, Emmie –le contó Kiley sonriendo, con los ojos brillantes–. Tiene dos años.

–¿Dos años? –preguntó Piper, arqueando una ceja–. Debes de estar muy entretenida.

–Sí, pero de manera positiva. Lo es todo para mí.

–¿Y tu marido es miembro del club?

Kiley dejó de sonreír.

–Estoy divorciada y él no tiene ningún contacto con Emmie, así que no. No es miembro del club.

Piper se dio cuenta de que había metido la pata.

–Lo siento.

–No te preocupes. Estoy mejor sin él.

Piper asintió.

–Mis padres se divorciaron y mi madre siempre dijo eso mismo. Fue difícil para ella, para las dos, pero yo sé que estuvimos mejor sin él.

–La verdad es que ser madre soltera no es fácil. Yo estaría dispuesta a hacer cualquier cosa por Emmie, y no entiendo que alguien pueda marcharse y dejar atrás un matrimonio y a un hijo.

Piper tragó saliva. Eso mismo había pensado ella siempre.

Ambas se quedaron en silencio.

–¿Y tú? –preguntó Kiley después de unos segundos–. ¿Tu marido es miembro del club?

–No estoy casada.

Kiley sacudió la cabeza.

–¿Somos las dos únicas mujeres de Royal que no estamos ni prometidas ni casadas? Últimamente se casa todo el mundo.

Piper se echó a reír, cerró el armario y recogió su bolsa. Luego salió con Kiley de la habitación.

–Todavía quedamos algunas solteras, aunque es verdad que somos pocas.

Se oyeron varias voces de hombres y, al girarse, Piper vio a Josh Gordon charlando con otro miembro del club.

–Ese es Josh Gordon –le contó a Kiley–, pero no sé cómo se llama el que está con él.

Miró a Kiley y se dio cuenta de que se había puesto tensa. Estaba mirando a Josh.

–¿Conoces a Josh? –le preguntó ella.

–¿Qué? No.

–Josh es uno de los miembros a los que no les gusta que haya mujeres ni niños en el club.

Kiley se cruzó de brazos.

–¿De verdad? Supongo que estará soltero y que por eso no le interesa la igualdad de derechos entre las mujeres y los hombres.

–Sí. Es uno de los pocos solteros que quedan en Royal –le confirmó Piper antes de mirarse el reloj–. Tengo que ir a buscar varias cosas al coche para la clase de reanimación. Ahora vuelvo.

Kiley sonrió.

–Aquí estaré.

Piper llevó la bolsa con los botiquines al coche y tomó otra con todo lo necesario para el curso de reanimación.

Pensó en cómo había mirado Kiley a Josh, pero se dijo que no era asunto suyo. Ya tenía bastante con la tensión sexual que había entre Ryan y ella.

Dos días después, Piper dejó el bolso en la encimera de granito nueva y sonrió.

La lluvia golpeaba los cristales de la cocina. Ella también se había mojado del coche a casa y sacudió los brazos.

Ryan llegó desde la otra parte de la casa y le preguntó:

–¿Te gusta?

Piper había tenido un día de mucho trabajo y estaba cansada.

–Entiendo que te empeñases en terminar el tejado cuando yo me caí –le dijo con lágrimas en los ojos–. E incluso permití que quitases los muebles de la cocina porque estaba dolorida, y me alegré de que me ayudases a comprar los nuevos, pero ayer pusiste los azulejos del cuarto de baño y hoy has cambiado la puerta principal.

–¿Y cuál es el problema? ¿Que querías hacerlo todo sola? Piper, has trabajado mucho en esta casa. Yo solo quiero ayudarte y hoy no tenía nada que hacer. Voy muy adelantado con la escuela. He estado trabajando en casa por la mañana y ya no puedo hacer nada más hasta que venga el inspector a verlo todo. Aquí me mantengo ocupado.

Piper se apartó un rizo de la cara y se lo metió detrás de la oreja, enfadada hasta con su pelo.

–Tengo la sensación de que has tenido un mal día –comentó Ryan, mirándola fijamente–. ¿Por qué no vienes al baño y me ayudas a decidir cómo vamos a terminar de colocar los azulejos. Seguro que te sientes mejor cuando tengas otra habitación más acabada.

Piper sonrió.

—Supongo que sí, pero solo si me dejas que maneje yo la cortadora de azulejos.

Ryan tomó su mano y la llevó hacia el cuarto de baño.

—No podría ser de otra manera.

Piper entró en su habitación y después en el baño contiguo. Los azulejos azules de la ducha ya estaban puestos. Ryan había empezado a colocar también los de encima del lavabo y ella pudo imaginarse el resultado final.

—Me alegro mucho de haber elegido un azul más fuerte para la zona del lavabo —comentó—, está quedando precioso.

Ryan la agarró por la cintura.

—En ocasiones, hace falta tener una imagen general, pero la belleza suele estar en las cosas pequeñas y va aumentando con el tiempo.

—¿Te estás poniendo profundo conmigo, vaquero? Yo solo estaba hablando del cuarto de baño.

—Tal vez yo esté hablando de ti —respondió él, dándole un beso en la nariz y una palmadita en el trasero—. Ahora, deja de intentar seducirme y vamos a ponernos manos a la obra.

Piper se echó a reír.

—Los dos sabemos que no haría falta que intentase seducirte.

La casa retumbó con un trueno y las luces parpadearon, pero después todo volvió a la normalidad.

–El cielo estaba bastante negro y justo se ha puesto a llover cuando he bajado del coche.

–Hace falta la lluvia, pero yo odio las tormentas.

Piper volvió a reír.

–Ya lo sé. Y te diré que vives en el estado equivocado.

Ryan se encogió de hombros.

–No quiero vivir en ninguna otra parte. Me encanta este pueblo. Siempre he sabido que algún día me establecería aquí. Royal es el mejor pueblo del mundo –le dijo, mirándola a los ojos –. Nunca he visto nada más bonito.

–No estás jugando limpio.

Él sonrió con picardía.

–No estoy jugando.

–Dices que quieres establecerte. Entonces, ¿qué haces intentando seducirme?

–Tal vez quiera saber cómo es tener una relación con mi mejor amiga –le respondió él, acercándose más–. Quizás piense que podríamos tener algo especial, algo mucho mejor de lo que ambos imaginamos.

Piper tragó saliva.

–¿Y qué hay del amor?

Él se quedó inmóvil unos segundos, después se pasó la mano por el rostro.

–Piper, sabes que quiero casarme y tener lo mismo que tuvieron mis padres, pero no estoy seguro de poder querer a alguien como se quisieron ellos. Por el momento, solo puedo intentarlo y tener la esperanza de que ocurra. No puedo prometerte nada.

Ella alargó la mano y le acarició la mejilla. Sabía que Ryan no estaba enamorado de ella. La quería como amiga y para ella era suficiente.

–A mí me gusta mi vida tal y como es. Me gusta mi trabajo, reformar la casa, pasar tiempo contigo y ver cómo nuestros amigos se enamoran y se casan.

Él tomó su mano y se la apretó.

–Yo no te he pedido que te cases conmigo, pelirroja. Solo quiero que sepas que no me voy a marchar de aquí y que tengo pensado seducirte. Si de todo eso surge algo más, tanto mejor.

Hubo otro trueno y Piper se estremeció. La luz tembló y entonces se quedaron sin electricidad.

Se quedaron envueltos por el silencio y la oscuridad.

–Me temo que no vamos a poder trabajar –murmuró Ryan–. Y creo que el destino acaba de darnos una oportunidad.

Piper aspiró su olor y, de repente, dejó de sentir miedo. Aquel era el hombre que mejor la conocía del mundo. ¿Por qué no iba a entregarle su cuerpo también?

Solo se había acostado con dos hombres en toda su vida y por ninguno de los dos había sentido lo que sentía por Ryan. Tenía claro que no estaba preparada para casarse y tener hijos, pero acostarse con la persona que siempre había hecho que se sintiese segura y querida no podía ser una mala decisión.

–Estoy cansada de ser fuerte por los dos –admitió, buscando sus ojos–. Estoy cansada de analizar todo esto y cansada de estar tensa cuando estoy contigo. No puedo más.

Ryan le tomó el rostro con las manos, luego enterró los dedos en su pelo y la acercó a él.

–Piper, no quiero presionarte. Quiero que estés segura, que no te arrepientas después.

–No me arrepentiré –le aseguró ella–. Te deseo y quiero conocerte todavía más, Ryan.

Él la besó apasionadamente, como nunca lo había hecho, y la hizo gemir y aferrarse a sus hombros.

La lluvia golpeaba la casa y Piper pensó que siempre le habían gustado las tormentas, que le parecían algo comparable al sexo.

El ambiente de su primera vez con Ryan no podía ser mejor.

Tal vez fuese cosa del destino, ¿y quién era ella para protestar?

Ryan le sacó la camisa de los pantalones. Sin ningún cuidado, tiró de ella, haciendo volar los botones por la habitación. Piper no se molestó. Ella estaba igual de impaciente.

–Ojalá me hubiese puesto algo más femenino –le dijo.

–Me gustas así, Piper. Que nunca se te olvide.

La agarró por la cintura y le acarició la curva de los pechos a través del sujetador de encaje.

—Eres perfecta, femenina –susurró–. Y mía.

Ella se estremeció. Empezó a desnudar a Ryan apresuradamente.

—Ojalá hubiese luz, para poder verte –murmuró ella.

—Seguro que tienes velas.

Ella se giró para salir del baño, pero Ryan la agarró del brazo.

—Quítate los pantalones, quiero ver todo lo que llevo meses deseando ver.

—¿Meses?

Él le mordisqueó los labios y después añadió:

—Años.

Piper se quitó las botas a patadas y después los pantalones.

A pesar de la oscuridad, vio cómo Ryan abría mucho los ojos y eso la excitó todavía más.

—Será mejor que te des prisa en buscar esas velas –le dijo con voz ronca.

Ella fue a su habitación. Tenía varias velas en la mesita de noche. Las tomó, buscó cerillas en un cajón y volvió hacia el baño.

Ryan estaba esperándola en la puerta y avanzó hacia ella.

Piper dejó las velas en la cómoda, las encendió, y la habitación se iluminó con un suave resplandor.

Ryan la agarró por la cintura y después metió los dedos por debajo de sus braguitas.

La luz de las velas permitió a Piper ver su cuerpo y sus tatuajes, que, de repente, le parecían muy sexys.

–Cuando vi tu ropa interior colgada en el baño hace unas semanas, casi me muero, pelirroja. No pude evitar imaginarte con ella. Sabía que estarías muy sexy, pero no tanto.

Ella pasó las manos por sus bíceps esculpidos, por sus hombros, y sonrió.

–Me alegro de no haberte decepcionado. No quiero que nos sintamos incómodos, Ryan.

Él la agarró con fuerza por el trasero y la apretó contra su erección.

Le lamió los labios y la levantó del suelo. Piper lo abrazó con las piernas por la cintura y se pegó más a él.

–Llevo tanto tiempo esperando esto... –susurró Ryan–. Quiero memorizar cada momento, pero, sobre todo, quiero estar dentro de ti. Quiero saber cuál es la sensación. Quiero verte perder el control otra vez y saber que yo soy la causa de ese desasosiego.

Piper jamás se había imaginado a su mejor amigo diciéndole semejantes cosas. Jamás había imaginado que podía desearla. ¿Cómo era posible que no se hubiese dado cuenta?

–Entonces, ¿qué hacemos hablando? –le preguntó–. Haz lo que quieras hacer, vaquero.

Su sonrisa la derritió y Piper enterró los dedos en su pelo y lo besó.

Separados solo por la ropa interior, apretó las caderas contra él y le metió la lengua en la boca.

Ryan anduvo con ella en brazos hasta pegarla contra la pared.

–Lo quiero todo, Piper –murmuró contra sus labios.

Ambos habían empezado a sudar.

–Como los ventiladores no funcionan sin electricidad, tal vez nos vendría bien una ducha fría.

Piper sonrió.

–Dudo que eso consiga refrescarnos, pero me apetece verte desnudo y mojado.

Él se echó a reír.

La dejó en el suelo y Piper se quitó las braguitas y se desabrochó el sujetador y lo tiró al suelo. Cuando levantó la vista, Ryan la estaba mirando como si fuese la primera vez que la veía.

–No puedo desearte más...

–Pues hazme tuya, Ryan. No tengo miedo. Sé que una vez no va a ser suficiente, y no sé si voy a poder ir despacio.

–Si supieses lo que quiero, te preocuparías.

–Te conozco a la perfección y no hay nada en ti que me preocupe –le contestó ella, acercándose más–. Y, si te callases, podría conocerte todavía un poco más.

Ryan la tomó en volandas y entró con ella en el cuarto de baño, la llevó hasta la ducha y abrió el grifo. Se metió debajo y Piper notó cómo el agua corría por su cuerpo. Luego alargó las manos y se quitó la goma que le sujetaba el pelo.

Cerró los ojos y disfrutó del momento. Se

sentía cómoda. De hecho, nunca se había sentido mejor.

Ryan se agachó mientras le acariciaba los pechos, se puso de rodillas y le besó el vientre.

—Nunca había visto nada tan bonito —le dijo, mirándola—. Me quedaría eternamente arrodillado por ti, Piper.

Ella se preguntó por qué tenía que decirle esas cosas. No quería que Ryan le hablase del futuro. Aquello era solo sexo. Ni más ni menos. No sabía si aquello iba a funcionar y no quería más complicaciones. Por el momento, solo quería concentrarse en que estaba a punto de hacer el amor con Ryan.

Antes de que le diese tiempo a hablar, él volvió a besarla en el estómago, le acarició la cintura y las caderas. El instinto hizo que Piper separase las piernas y apoyase las manos en los hombros mojados de él.

Ryan le besó el ombligo y siguió bajando hasta la parte más íntima de su cuerpo. La agarró con fuerza por las caderas y besó la parte interior de sus muslos muy despacio.

Piper bajó la vista y solo de pensar en lo que Ryan estaba a punto de hacer se excitó todavía más. Aquello era todavía más íntimo que hacer el amor y ella no iba a impedírselo. Había perdido el control de la situación, tal vez jamás lo hubiese tenido. Ryan la tenía en la palma de la mano.

Notó su lengua entre las piernas y le temblaron las rodillas, pero él la agarró todavía con más fuerza mientras le hacía el amor con la boca.

Piper se apoyó en la pared. Necesitaba más, mucho más, pero no sabía qué ni cómo pedirlo. Estaba deseando llegar al clímax y, al mismo tiempo, no quería que aquello terminase nunca. Casi no podía controlarse y quería recordar siempre aquel momento.

Como si Ryan supiese lo que necesitaba, la ayudó a apoyar un pie en el pequeño banco que había dentro de la ducha para abrirla todavía más a él y hacerle sentir cosas que jamás antes había sentido.

Piper no sabía lo que quería, solo quería aplacar aquel anhelo que la consumía.

Ryan metió un dedo en su sexo y... sí. Hizo que se sintiese mucho mejor. Piper apretó las caderas contra él, notó que se tensaba todo su cuerpo y después explotaba por dentro. Ryan siguió acariciándola hasta que dejó de temblar.

—Eres la mujer más sexy que he visto —le dijo, poniéndose en pie y apretando la erección contra su cuerpo—. No puedo esperar más, Piper. Te necesito, ahora. Ya iremos despacio más tarde.

«Más tarde». A Piper le gustó oír aquello. No quería que aquella noche se terminase nunca.

Ryan la besó en el hombro, subió por su cuello y después bajó hasta tomar uno de sus pezones con la boca. No supo qué más tenía en mente Ryan, pero ella seguía excitada y no sabía cuánto tiempo más iba a tener que esperar.

Así que se dijo que había llegado el momento de tomar el control.

Lo empujó hacia atrás y sonrió. Hizo que se sentase en el banco y se colocó a horcajadas encima de él.

–Creo que podría llegar a acostumbrarme a las vistas que tengo desde aquí –comentó él.

Piper se echó a reír.

–¿Tienes obsesión por los pechos?

–Soy un hombre.

Piper empezó a enterrarse en él, pero Ryan la agarró por la cintura para detenerla.

–¿Un preservativo? –le preguntó.

Ella cerró los ojos y gimió.

–No tengo.

–Yo nunca lo he hecho sin protección y estoy sano.

–Lo mismo que yo –respondió ella casi sin aliento–. Y tomo la píldora.

Ryan la miró a los ojos.

–Quiero sentirte. Solo una vez.

–Sí, por favor.

–Quiero recordar esto siempre, Piper. Y no quiero que tú lo olvides.

–No creo que pueda.

Piper lo besó mientras Ryan la llenaba por dentro.

–¿Estás bien? –preguntó él, apoyando la frente en la de ella.

Piper asintió y empezó a moverse, despacio al principio y más rápido después. Ryan siguió agarrándola por las caderas y bajó la boca a sus pechos. Ella apoyó las manos en la pared y se movió con más fuerza porque quería volver a explotar de placer, a la vez que él.

Cerró los ojos, se mordió el labio y gritó al llegar al clímax.

Bajo su cuerpo, Ryan se puso tenso y echó la cabeza hacia atrás. Apretó la mandíbula y Piper pensó que nunca había visto nada más glorioso que a Ryan abandonándose al placer.

Entonces apoyó la cabeza en la curva de su cuello y dejó que el agua de la ducha la relajase, porque sabía que la noche de pasión no había hecho más que empezar.

Capítulo Doce

Tumbada en la cama, sudorosa, saciada y dolorida, Piper pensó que Ryan había cumplido con su promesa. Ella se había reído al oírle decir que llevaba años deseándola, pero lo cierto era que se lo había demostrado.

No había una sola parte de su cuerpo que no hubiese acariciado, ya fuese con las manos o con sus dulces palabras. Piper tenía que admitir que había llegado a acariciarle incluso el corazón. Aquello era algo que no había planeado, pero sabía que no podía haber seguido luchando contra el deseo y la pasión.

Y en esos momentos, después de admitir que Ryan le había tocado el corazón, supo que tenía que tener más cuidado que nunca. Lo último que quería era perder la amistad que los unía. Se había apoyado en Ryan desde hacía veinte años y no quería perderlo.

Todavía no había vuelto la electricidad y pensó que iba a tener que poner en marcha el generador para poder encender los ventiladores. Si no, tendría que darse otra ducha fría...

Se apartó del torso desnudo y fuerte de Ryan, que estaba dormido. Y pensó que le encantaba tener su cuerpo pegado al de ella. ¿Cómo iba a volver a ser solo su amiga? No iba a ser posible. Cada vez que lo mirase, que hablase con él, que comiese con él, se acordaría de cómo la había hecho sentir.

—¿Adónde vas? –balbució Ryan.

—A encender el generador para que funcionen los ventiladores.

—¿Por qué no nos damos otra ducha? –le sugirió él, mirándola a los ojos–. O, todavía mejor, vamos a mi casa. Seguro que allí hay electricidad.

—Después de semejante tormenta, es probable que se haya ido la luz en todo el pueblo.

Él se apoyó en un codo para incorporarse.

—Sí, pero yo vivo fuera del pueblo.

Piper se sentó en la cama y tomó su mano.

—¿No quieres quedarte aquí?

Él la abrazó por la cintura y volvió a tumbarla.

—Tal vez prefiera tenerte en mi cama.

Esa mañana, el calor de su mirada era tan intenso como la noche anterior. A Piper le había preocupado que no fuese así.

—No lo estropees, pelirroja –añadió–. Ahora somos todavía mejores amigos.

—Tengo que admitir que es la primera vez que me acuesto con un amigo, así que no sé qué esperar.

—Yo tampoco me había acostado nunca con una amiga, pero me alegro de que hayas sido tú la primera.

Piper se echó a reír.

—Y yo que pensaba que ya lo habías probado todo.

—Creo que era lo último que me quedaba por probar —admitió él riendo—. Quiero que sepas que sé la imagen que los medios de comunicación han estado dando de mí a lo largo de los años, pero que no me he acostado con todas las mujeres que se cruzaban en mi camino.

Piper levantó una mano para hacerle callar.

—Hace mucho tiempo que somos amigos, Ryan. Sé que no vas por ahí acostándote con todo el mundo, pero no quiero saber lo que has hecho o dejado de hacer.

—Para mí es importante que no pienses que soy un mujeriego. Puedo contar con un solo dedo el número de aventuras de una noche que he tenido. Y con una mano el número de mujeres con las que me he acostado, incluida tú.

Piper no pudo evitar dar un grito ahogado.

—No hacía falta que dijeses eso.

—Sí, por supuesto que sí. Nunca me ha importado lo que piense la gente de mi vida sexual, pero me importa lo que pienses tú. Y, ahora, todavía más.

Ella prefirió no profundizar en el tema. Tal vez no quisiese darse cuenta de que Ryan había dejado los rodeos de verdad y estaba dispuesto a establecerse. Sabía que tenía la intención de quedarse en Royal, pero no sabía cuánto tiempo tardaría en cansarse de estar allí. ¿Y si decidía que la emoción de la vida hogareña no era suficiente?

¿Y si se marchaba, como había hecho su padre?

–Vamos a ponernos un mínimo de ropa y vamos a mi casa –le sugirió él, interrumpiendo sus pensamientos–. Allí hay más privacidad, podríamos correr desnudos alrededor de la casa y no nos vería ningún vecino. Bueno, ahora tengo animales, pero no dirían nada.

–Eres patético –dijo ella en tono de broma–. No me puedo pasar desnuda todo el día, Ryan. Tengo cosas que hacer.

–¿Como qué? Sé que tienes el día libre y, sin corriente eléctrica, no vas a poder trabajar en la casa.

Ella pensó que era un hombre capaz de tentar al propio diablo. ¿Cómo iba a rechazarlo, si su cuerpo ya estaba respondiendo que sí?

En ese momento sonó el teléfono.

–Deja que salte el contestador –le dijo Ryan.

–No puedo. Podrían llamarme del trabajo, o podría ser alguien que me necesita. Es temprano, así que tiene que ser importante.

–Yo te necesito –le dijo él–. Te guardo el sitio para que vuelvas pronto.

Piper sonrió y fue hasta la cómoda para contestar al teléfono.

–¿Cara? –respondió–. ¿Va todo bien?

–Sí, bien, siento molestarte tan temprano, Piper.

–¿Se trata de Alex? –le preguntó, mirando a Ryan, que se había sentado en la cama.

–Está bien. Quiero decir, que está como siempre –respondió Cara–. Eso es lo que me preocupa. Esta mañana he ido a su casa, como todos los días. Siempre se levanta temprano, y le he llevado sus magdalenas favoritas. En cualquier caso, después de la tormenta estaba preocupada, y, además, siempre tengo la esperanza de llegar un día y que me diga que ha recuperado la memoria.

Consciente de que estaba completamente desnuda, Piper fue al baño y se puso una bata de seda corta que tenía detrás de la puerta.

–Va a llevar tiempo, Cara –le dijo–. No te desanimes. Estás haciendo todo lo que está en tu mano para ayudarlo.

–Yo solo quiero algunas respuestas, y él se siente frustrado y no puedo ayudarlo.

–¿Le has enseñado fotografías?

–Hemos visto muchas fotografías, pero no sé qué más hacer –declaró Cara suspirando–. Incluso le he propuesto hacer una barbacoa con todos nuestros amigos, pero se ha negado. Ha dicho que no está preparado para que le hagan preguntas, ni para que se compadezcan de él. Y lo entiendo, pero no puedo quedarme sentada, sin hacer nada.

–Estás haciendo cosas por él todos los días y pronto empezará a recordar.

–He intentado ayudarlo mucho más allá de las fotografías y…

Piper esperó, pero solo hubo silencio.

–¿Cara?

–No importa. Siento haberte molestado, Piper. No sabía a quién llamar y te has portado siempre tan bien conmigo... Delante de Alex tengo que ser fuerte, pero de vez en cuando, necesito desahogarme.

–Estoy a tu disposición, Cara. De día o de noche.

–Gracias. Solo necesitaba hablar. Sé que no nos conocemos mucho, pero tengo la sensación de que, después del accidente, hay un vínculo entre nosotras. En cualquier caso, vamos a superarlo, estoy segura.

Piper sonrió.

–Esa es la actitud, Cara. Esa fuerza te va a ayudar a seguir adelante.

Piper colgó el teléfono y volvió a dejarlo en el tocador.

–¿Alex está bien? –preguntó Ryan.

Piper volvió a la cama.

–Está igual. Y me temo que eso va a acabar con Cara. Hasta ahora ha sido muy fuerte, pero no sé hasta cuándo va a poder aguantar –le respondió.

Ryan tomó su mano.

–Tiene amigos y familia, y, cuando Alex vuelva a ser el mismo de siempre, ella también estará bien.

–Eso espero. Cara solo piensa en él, solo quiere ayudarlo.

—Yo conozco a otra mujer igual de fuerte –comentó Ryan, jugando con su pelo.

Ella no quiso ni imaginarse cómo tenía el pelo después de habérselo mojado la noche anterior y no haberse puesto ningún producto. Menos mal que se había despertado junto a Ryan, que ya la había visto antes así y al que, al parecer, no le importaba.

Era la ventaja de haberse acostado con su mejor amigo.

—Si sigues mirándome así, no vamos a llegar a mi casa –le advirtió él en voz baja, ronca.

Le desató el cinturón de la bata y se la separó. Piper lo ayudó a quitársela.

—¿Y quién dice que tengamos que ir ahora? –preguntó–. Tengo hambre.

Él la recorrió con la mirada.

—Buena idea.

Ella sonrió.

—Lo digo de verdad, tengo hambre.

Se levantó de la cama, desnuda y sin ninguna vergüenza, y fue a la cocina sabiendo que Ryan la seguiría. Al fin y al cabo, era un hombre.

Abrió un armario y se le ocurrió una idea sensacional. Se giró y vio a Ryan completamente desnudo, en todo su esplendor, delante de ella.

—No sé qué estás pensando, pero me gusta –le dijo él.

—¿Por qué no me esperas en la habitación? –le preguntó ella, empujándolo–. O ve al salón.

Pondré en marcha el generador y podremos bajar las persianas.

Él se acercó más y pasó una mano por su rostro, bajó por el hombro y llegó al pecho desnudo.

—Como tardes mucho, iré a buscarte estés donde estés.

Ella se excitó y asintió.

—¿Y por qué no enciendo yo el generador? —le sugirió entonces Ryan—. Nos veremos en cinco minutos en el salón.

La dejó sola y Piper tuvo que hacer un esfuerzo para ponerse en marcha.

Volvió a girarse hacia los armarios y sacó varias cosas. Quería explorar la parte divertida del sexo con Ryan y esperaba que les gustase a ambos.

Llegó antes que él al salón y colocó lo que había llevado en un viejo arcón que había comprado en una tienda de antigüedades. Sonrió al verlo llegar y mirar lo que había allí, incluida su comida favorita.

—No me puedo creer que estés pensando en lo que pienso que estás pensando.

—Mueve el trasero, vaquero.

A Piper le gustaba aquella parte del sexo, lo que le daba miedo era la parte emocional e intensa. Sabía que pendía de un hilo muy fino y que no haría falta mucho para que se enamorase perdidamente de su mejor amigo.

—Espero que esas pequeñas nubes dulces sean para mí.

Ella se echó a reír.

–Sabes que las tengo en casa solo por ti.

–¿Y qué has pensado hacer con ellas?

Piper recorrió todo su cuerpo con la mirada.

–Túmbate en el sofá y lo averiguarás.

Él la miró con deseo y Piper supo que iba a encantarle su plan.

Una vez tumbado en el sofá, tomó un puñado de nubes y las puso repartidas por su pecho, y hasta la zona pélvica.

–No te muevas –le pidió.

–Pero, si son mis favoritas, ¿no debería comérmelas yo?

–Lo harás –le respondió Piper, poniéndose de rodillas a su lado–. Cuando yo haya terminado.

Piper se fue inclinando a comer las golosinas y notó cómo Ryan se ponía tenso cada vez que lo tocaba con los labios, hasta que, de repente, se sentó y le dijo:

–Ya has terminado. Ahora me toca a mí.

–Pero si no había hecho más que empezar.

–Ese es el problema, que no quiero que se termine antes de que me toque a mí.

Piper sonrió de oreja a oreja.

–Te devolveré el favor, Ryan. Es una promesa, y lo haré cuando menos te lo esperes.

–Vas a matarme, pelirroja, pero voy a morir feliz.

Piper se echó a reír y él la tumbó en el sofá.

–A ver cuánto tiempo aguantas sin moverte –la retó.

Ella se estremeció solo de pensarlo.

Ryan tomó un puñado de nubes y se las metió en la boca.

–Eh, ese no es el juego –protestó Piper riendo.

–Tú juegas a tu manera y yo a la mía.

Piper puso los ojos en blanco.

–¿Y me voy a quedar aquí tumbada mientras tú comes?

Él la devoró con la mirada.

–Sí.

Y Piper se excitó todavía más.

–¿Qué más tenemos por aquí? –preguntó Ryan–. Crema de chocolate. Podría ser divertido.

Piper lo vio formar un corazón con nubes en su abdomen. Sintió ganas de retorcerse, pero siguió inmóvil.

Él abrió el bote de chocolate y dibujó con él el corazón.

–¿A qué es duro estar quieta? –preguntó sonriendo–. Te prometo que va a merecer la pena.

Piper se estremeció. Tal vez hubiese perdido aquel reto, pero con las manos y la boca de Ryan sobre su cuerpo, supo que al final saldría ganando.

Capítulo Trece

–Muy bien –dijo Ryan–. Ya lo tienes.

Will, que estaba en el último curso del instituto, era uno de los chicos que participaban en su programa. Ryan necesitaba saber qué funcionaba, qué no y qué tenía que mejorar antes de abrir la escuela. Así que tanto aquellos muchachos que iban al rancho después de las clases, como él, salían ganando.

Will llevaba una semana entrenándose con él y Ryan estaba impresionado y no podía evitar sentirse orgulloso.

–Lo has hecho muy bien –le dijo al chico–. Puedes venir mañana si quieres, aunque sea sábado. Estaré por aquí si quieres seguir trabajando.

Will asintió y se caló el sombrero.

–Gracias, señor Grant. Vendré encantado.

Ryan le dio una palmada en la espalda.

–Ya te he dicho que me llames Ryan. Me parece que le vendrías muy bien a mi escuela, y me gustaría ofrecerte trabajo para el verano, cuando hayas terminado las clases.

Will abrió mucho los ojos.

–Eso sería estupendo, señor… digo, Ryan.

Ryan se dirigió a guardar los arneses mientras Will iba hacia la puerta.

–Hasta mañana, Will.

Una vez solo en el establo, Ryan se puso a escuchar a Metallica e intentó relajarse. No había nada como su música preferida para terminar bien el día. No solía ponerla cuando había otras personas, porque nadie solía compartir sus gustos.

Bueno, sí la ponía cuando estaba Piper, pero Piper era especial. Odiaba su música y a él le encantaba volverla loca.

Aunque, después de haberse acostado juntos, había encontrado una nueva manera de hacerlo.

Había pasado una semana desde la tormenta y desde que la había llevado a su casa. Quería tenerla en su cama y crear con ella un vínculo más a pesar de que sabía que ella intentaba cerrarse a emociones más fuertes.

Recogió el resto del equipo y notó que le vibraba el teléfono en el bolsillo. Lo sacó y miró la pantalla.

–Hola, Joe –saludó al que había sido su compañero en los rodeos.

–Ryan, ¿qué te cuentas, tío?

Él se sentó y sonrió.

–No mucho. Acabo de terminar de trabajar con un chico que me va a ayudar con la escuela. Tiene potencial. Me recuerda a mí mismo de adolescente.

Joe suspiró.

–Entonces, ¿te has retirado de verdad?

–Sí.

–Tenía la esperanza de que te cansases de estar en casa y decidieses volver a la acción.

¿Volver a la acción? Tenía toda la acción que podía querer con Piper. Y el circuito no era comparable.

–Me quedo en Royal –le confirmó–. Estoy entusiasmado con el tema de la escuela y quiero volver a echar raíces en mi pueblo.

–Lo vas a hacer genial, Ryan.

Él oyó algo extraño en la voz de su amigo y se puso en pie.

–¿Joe? ¿Te pasa algo?

–Pensé que podría convencerte para que terminases la temporada conmigo.

–¿Y eso? ¿Qué le ha pasado a Dallas?

–Se ha roto una pierna a principios de semana en unos entrenamientos. Así que te necesitamos desesperadamente, tío.

Ryan se preguntó si podía terminar la temporada. Si podía hacer esperar un poco a la escuela.

Y a Piper.

–¿Para cuándo necesitas la respuesta?

–Para mañana –le respondió Joe–. Será solo un par de meses. Después podrás retirarte para siempre. Sabes que no te lo pediría si no te necesitase.

–¿Y no puedes pedírselo a nadie más?

Joe suspiró.

—Necesito el dinero, Ryan. Si no gano este campeonato, podríamos perder el rancho.

Él se sintió culpable. Que un vaquero perdiese el rancho era casi lo peor que le podía pasar. Ryan sabía que Joe había tenido problemas personales en los últimos tiempos y no podía negarle su ayuda.

No obstante, tendría que pensárselo bien.

—No te habría llamado si no fuese una emergencia —añadió Joe.

—Lo sé —dijo Ryan suspirando—. Te llamaré.

—Sabía que podía contar contigo.

—Todavía no te he dicho que sí.

—Lo harás.

Joe colgó y Ryan tiró el teléfono y pensó en lo que significaría volver al circuito. Era como una droga y, al parecer, necesitaba un chute.

El rodeo lo había vuelto loco, le había hecho sentir que era capaz de cualquier cosa.

Suspiró, subió la música y salió al exterior a apilar las pacas de heno. Necesitaba hacer algo de trabajo físico para poder pensar, para centrarse en lo que era mejor para él en aquel momento de su vida, pero ¿cómo iba a decidir lo que era mejor para él cuando en esos momentos consideraba que formaba un equipo con Piper?

Se quitó la camisa y la colgó de un poste. A pesar de que era noviembre, hacía calor.

Se sacó unos viejos guantes de cuero del bolsillo trasero del pantalón, se los puso y empezó a trabajar.

Unos minutos después estaba sudando y le dolían los brazos, pero no había encontrado la respuesta que Joe necesitaba.

Había estado seguro de que quería dejar el circuito para siempre, volver a Royal e instalarse allí.

Estaban en noviembre, y, si Joe solo lo necesitaba para terminar la temporada, podía hacerle el favor y volver a Royal como tarde a finales de la primavera para poder abrir la escuela en verano.

Lo haría solo para ayudar a un amigo que lo necesitaba desesperadamente. Si lo hacía, no sería por un motivo egoísta.

Apiló otra paca y, al girarse, vio a Piper apuntándolo con la manguera.

Ni siquiera la había oído llegar, lo que indicaba lo alta que estaba la música y lo absorto que había estado él en sus pensamientos. No sabía qué hacía ella allí, pero estaba sonriendo y Ryan se alegró de verla.

–He pasado a ver cómo va la escuela, pero como te he visto sin camisa he pensado que a lo mejor necesitabas refrescarte –le explicó Piper, sonriendo todavía más–. Estás un poco sudado, vaquero.

Él sonrió también.

–Inténtalo, pero te aseguro que no saldrás indemne.

El chorro de agua lo golpeó en el pecho, empapándolo, y Ryan echó a correr hacia donde estaba Piper, le quitó la manguera y la mojó también.

La camiseta rosa clara se le pegó por completo al cuerpo, marcando los pechos y los pezones erguidos.

Piper reía y se tapaba la cara, y él se apartó, pero no soltó la manguera por si ella intentaba atacarlo otra vez.

—¿Te rindes? —le preguntó, con la mirada clavada en su pecho.

—Jamás admitiré una derrota —respondió riendo y echando a andar hacia él—, pero tú estás mucho más fresco.

Ryan tiró la manguera y la abrazó por la cintura, apretándola contra su pecho y haciéndole cosquillas.

—Pues estoy bastante caliente.

Ella miró sus labios.

—¿Estamos solos?

—Con los animales, pero te aseguro que no les importa lo que hagamos.

Ryan le acarició los pechos por encima de la camiseta y ella suspiró y arqueó la espalda.

—Y yo que venía a ver si querías cenar.

Él lamió una gota de agua de su cuello.

—Sí, quiero cenar, pero me temo que así no podemos ir a ninguna parte. Una verdadera pena.

Devoró su boca sin ningún miramiento, sin

ningún control. Solo con el ansia de tenerla desnuda. Cuanto antes.

Desde que su relación se había vuelto más íntima, no había habido ni un momento que no la desease. Y en esos momentos tenía que hacerla suya. El establo no era precisamente el lugar más romántico, ni la música heavy metal tampoco.

Llevó a Piper hasta donde había un estante para las sillas de montar y la sentó en él, le sacó la camiseta de los pantalones vaqueros y se la quitó por la cabeza. Después fue el sujetador y Ryan tomó uno de sus pechos con la boca mientras Piper enterraba los dedos en su pelo, ya que entre el juego de la manguera y las cosquillas, se le había caído el sombrero.

El hecho de estar en el establo, donde cualquiera podía llegar y verlos, lo excitó todavía más. Necesitaba a Piper y todo lo demás le daba igual.

Ella se aferró a sus hombros y gimió mientras él le acariciaba suavemente los pechos con la lengua.

–Ya basta –le dijo, poniéndose en pie y empezando a desabrocharle el cinturón–. Quiero más.

–¿Aquí? –le preguntó él, sonriendo al verla tan segura y dominante.

–Aquí y ahora –respondió, desabrochándole también los pantalones y empezando a bajárselos–. ¿Te ves capaz, vaquero?

Se veía capaz, pero no pudo quitarse los pantalones mojados, así que se los bajó hasta los tobillos y luego ayudó a Piper a deshacerse de sus botas y sus pantalones. En un segundo le había arrancado el tanga blanco que llevaba puesto y le estaba haciendo darse la vuelta.

–Agárrate a la silla –le susurró al oído–. Siempre he quiero tenerte así.

–En ese caso, deja de hablar de ello y...

Él la penetró antes de que le hubiese dado tiempo a terminar la frase. Estaba caliente y húmeda, tal y como había imaginado. Cada vez que estaba con ella era como la primera. Ryan no conseguía acostumbrarse a las emociones y a la euforia que lo envolvían. Y esperó no acostumbrarse nunca.

Piper se echó hacia delante y levantó más las caderas. Ryan la agarró de las caderas e intentó tener cuidado para no hacerle daño.

Mientras entraba y salía de su cuerpo, le acarició los pechos con una mano.

–Ryan –gimió ella–. Ah...

Y él pensó que no quería que Piper dijese ningún otro nombre con aquella pasión.

–Eres tan sexy... No me canso nunca.

–Yo tampoco.

Entre la postura de Piper y el movimiento, Ryan supo que estaba cerca del clímax, pero entonces ella empezó a mover las caderas con más fuerza, él le apretó los pechos más y en cuestión de segundos, sus músculos internos se contraían a su alrededor.

Ryan ya no pudo aguantar más. Se apretó contra ella y se quedó inmóvil. El clímax sacudió todo su cuerpo, con más intensidad que nunca.

Cuando dejó de temblar, la abrazó por la cintura. No quería separarse de ella nunca, no quería dejar de sentir aquella satisfacción, pero tenía que tomar una decisión y tenía miedo de su reacción.

–¿Estamos vivos? –murmuró Piper–. Yo he tenido una experiencia paranormal.

Ryan se echó a reír.

–Es un honor haberla compartido contigo.

–La verdad es que ha sido…

–Estoy tan bien… ¿crees que podríamos quedarnos así?

–Siempre y cuando no tengas que irte a ninguna otra parte y que no esperes visitas…

–Va a venir un chico a entrenarse.

–Pues a lo mejor aprende más de lo que pensaba, como nos sorprenda así –comentó ella riendo.

Ryan se incorporó y la ayudó a hacerlo también.

–No sabes lo sexy que estabas, apoyada ahí.

–Los vaqueros y vuestras fantasías –comentó ella, abrazándolo por el cuello–, yo también tengo alguna que otra fantasía que me gustaría realizar contigo.

Él la agarró por el trasero desnudo.

–Pues cuando quieras, estoy a tu disposición de aquí en adelante.

–Ryan...
–Yo estoy pensando a largo plazo, pelirroja. Sabes que quiero quedarme aquí. Me he hecho miembro del Club de Ganaderos de Texas, voy a abrir una escuela de rodeo en primavera. Soy bastante feliz con mi vida y más que feliz con lo nuestro.

–¿Y qué es lo nuestro, Ryan? –le preguntó ella, mirándolo a los ojos.

–Me gustaría hacer pública nuestra relación –le dijo él–. Siempre estamos bien juntos.

–Porque siempre estamos desnudos –le dijo Piper sonriendo–. Y la semana pasada me llevaste a Claire's.

–Sí, pero quiero llevarte como novia.

Piper sonrió todavía más.

–Ojalá hubiese otra palabra, quiero decir, que ya tenemos treinta años, no somos unos adolescentes, pero me encanta que quieras que todo el mundo sepa que estamos juntos.

Él la besó apasionadamente.

–Tal vez podamos esperar a hacerlo público a mañana. Ahora preferiría empezar con esas fantasías que tienes en mente.

La llevó hasta el trastero y cerró la puerta. Quería disfrutar de la noche.

Al día siguiente hablaría con Piper y le contaría que iba a volver al circuito un par de meses, para ayudar a un amigo a ganar el campeonato. Intentaría convencerla de que lo acompañase para que pudiesen seguir siendo felices juntos, aunque fuese viajando.No obstante, se temía que Piper no iba a tomarse la noticia bien.

En el fondo, sabía que iba a odiarla, pero quería pensar que sería capaz de ir más allá y darse cuenta de que estaban hechos el uno para el otro.

El día siguiente llegaría demasiado pronto y él tendría una respuesta.

Capítulo Catorce

Piper se estiró. Le dolían todos los músculos, pero nunca se había sentido mejor.

Miró a su alrededor y vio en la mesita de noche de Ryan una foto de los dos cuando eran niños. Sucios, con los pantalones rotos y sombreros de vaquero. Sonrió al recordar aquel día. Había querido impresionar a Ryan y lo había convencido para que fuese a su casa a conocer a su padre.

Walker Kindred les había hecho la foto delante de la yegua de Piper, Flash, y ella se había sentido más orgullosa que nunca de ser la hija de una estrella de los rodeos, pero la fama tenía un precio y tanto su madre como ella lo habían pagado.

Pero no podía mirar aquella fotografía y sentirse triste. Era su primera fotografía con Ryan y él seguía teniéndola, y enmarcada. Era la única que había en la habitación, lo que significaba que aquel también había sido un día especial para él.

¿Cómo iba a negar ella lo que sentía? ¿Cómo iba a fingir que seguían siendo solo amigos? Ryan se preocupaba por ella, estaba siempre a su disposición. ¿No era así como empezaban casi todas las parejas?

El sexo con él era increíble y Piper tenía la esperanza de que su relación siguiese evolucionando. ¿Podía atreverse a soñar con algo más?

Él le había dicho que quería establecerse, empezar otra época nueva de su vida y le había dejado claro que quería intentarlo con ella. En el fondo, Piper tenía la esperanza de que aquello pudiese abocar en algo permanente, algo... legal. Era la primera vez que pensaba en el matrimonio.

Pero en esos momentos estaba empezando a soñar despierta con su propia boda. Le gustaría que fuese al aire libre, tal vez en otoño. Y ella llevaría un vestido sencillo.

Por supuesto, la fecha y el lugar no importaban siempre y cuando Ryan estuviese esperándola junto al altar.

Se echó a reír al darse cuenta de que estaba pensando como una adolescente.

Pero pensó que dar un paso más con su mejor amigo era algo muy especial. Y deseó que todos los matrimonios pudiesen sentir la felicidad que había sentido ella. Ryan estaba en casa, tenía la intención de quedarse y había sido él el que había querido que su relación cambiase, y ella se alegraba de haber dado el paso con él.

Sonriendo, alargó la mano y tocó las sábanas, que todavía estaban calientes. Miró el reloj. Eran casi las siete. Los vaqueros siempre se levantaban temprano.

La casa olía a café, así que Piper se levantó de la cama. Tomó una de las camisetas blancas de Ryan, se la puso y fue descalza hacia la cocina.

Desde la puerta, lo vio con solo los pantalones vaqueros puestos, una taza de café en la mano y la mirada clavada en el establo. La luz dorada del amanecer inundaba la habitación, casi como una promesa del día que tenían por delante. Piper se sentía feliz. Ryan le había devuelto la esperanza, le había vuelto a dar motivos para vivir.

Piper cruzó la habitación en silencio y lo abrazó. Le encantaba su olor a hombre, tan sexy.

—Buenos días —le susurró al oído—. ¿Hace mucho tiempo que te has levantado?

—No mucho —respondió él, agarrándola del brazo—. No podía dormir.

—Podías haberme despertado.

Él se giró entre sus brazos y dejó la taza en la mesa. Luego la apretó con fuerza contra su pecho.

—No quería molestarte —le dijo—. Además, si te hubiese despertado y hubiésemos estado los dos desnudos, ya sabes lo que habría ocurrido.

Piper sonrió.

—¿Y tan malo habría sido?

Ryan le mordisqueó los labios.

—En absoluto.

Cuando se apartó de ella, Piper se dio cuenta

de que tenía el ceño fruncido y los hombros tensos. Algo lo preocupaba.

−¿Qué te ocurre? −le preguntó.

Él pasó una mano por su pelo y le apartó los rizos de la cara.

−Ryan…

−Sabes lo que siento por ti.

Ella asintió.

−Quiero decir que estoy seguro de que me estoy enamorando de ti, pelirroja, así que no te lo tomes a la ligera.

Ella se quedó sin aliento. Sentía lo mismo por él, pero oírselo decir…

−Ryan…

−Espera. Necesito sacarlo todo y luego podrás responderme lo que consideres oportuno.

Piper asintió y retrocedió para dejarle espacio. Al parecer, lo que tenía que decirle era muy importante y ella necesitaba estar cerca de la puerta, por si tenía que salir corriendo. Si lo que quería Ryan era romper con ella, la iba a dejar completamente destrozada.

−Cuando volví a casa lo hice dispuesto a abrir la escuela, hacerme miembro activo del Club de Ganaderos de Texas y echar raíces en Royal −empezó él−. Incluso pensé en esto, en lo nuestro. Sabía que podíamos ser algo más que amigos, estaba seguro de que podíamos tener algo especial.

A Piper le gustaron sus palabras, pero supo que, antes o después, llegaría el «pero».

—Y lo que hemos descubierto es todavía mejor de lo que había imaginado —continuó él, mirándola a los ojos—. Quiero que lo sepas. Quiero que entiendas lo que siento por ti, y que preferiría morirme antes de que alguien te hiciese daño.

A ella se le llenaron los ojos de lágrimas y parpadeó para evitar derramarlas. No sabía si Ryan le iba a pedir que se casasen, si le iba a decir que tenía una enfermedad terminal o si iba a romper con ella.

—Me estás asustando —admitió—. Dime lo que tengas que decirme ya.

Ryan suspiró, tomó sus manos y se las apretó.

—Joe me llamó ayer.

Piper tardó un segundo en darse cuenta de por dónde iba la cosa, se le encogió el estómago.

—Tu compañero —dijo lentamente—. Supongo que quiere que vuelvas y por eso me has estado hablando de sentimientos, para ablandarme antes de darme el golpe.

Tal vez estuviese precipitándose y dejándose llevar por la ira, pero vio la expresión del rostro de Ryan y supo que estaba en lo cierto.

Sintió tal dolor que se le doblaron las rodillas y estuvo a punto de caerse. ¿Cómo podía Ryan hacerle aquello? Sobre todo, sabiendo lo que pensaba del circuito. ¿De verdad iba a volver a los rodeos e iba a olvidarse de todo lo demás?

–Tiene que ser una broma –añadió Piper, cruzándose de brazos–. ¿Te llaman por teléfono y tiras la toalla de todo lo demás? ¿La escuela, tu casa nueva, el club? ¿Nosotros?

–Escúchame antes de sacar conclusiones precipitadas.

Piper necesitaba hacer algo, necesitaba mantenerse ocupada para que Ryan no se diese cuenta de que estaba temblando... de miedo, de ira. Fue a sacar una taza de un armario.

–En cualquier caso, no quiero interponerme en tus sueños. Continúa.

Pensó que todo era culpa suya, por haberse hecho ilusiones a pesar de saber cómo era el rodeo, por haber confiado en él cuando le había asegurado una y otra vez que no era como su padre.

Se giró, se apoyó en la encimera y clavó la vista en la taza que había encima de la mesa.

–El nuevo compañero de Joe se ha roto una pierna –empezó Ryan–. Solo me necesitan para terminar la temporada. Dos meses como mucho. No tengo la intención de volver de manera permanente, Piper. No había planeado esto, pero Joe necesita una respuesta y no puedo dejarlo tirado.

A Piper casi se le atragantó el café. No le gustaba tomarlo solo, pero no quería atravesar la cocina para ir a por la leche.

–Y prefieres dejar tirado todo lo demás –replicó.

—No quiero dejar nada tirado. La escuela no abrirá hasta la primavera y tenía la esperanza de que accedieses a acompañarme.

Ella se quedó de piedra al oír aquello.

—¿Qué?

—Que quiero que vengas conmigo.

—A ver si lo he entendido bien. ¿Quieres que deje atrás mi vida y a mis amigos para que tú puedas disfrutar un poco más?

—No vas a dejar nada atrás, Piper. Son solo dos meses. Y no se trata de que quiera disfrutar.

—No, no voy a dejar nada atrás. Dices que son dos meses, pero serán dos meses ahora y después querrás volver a empezar.

Ryan apretó la mandíbula. Piper estaba furiosa, pero él también estaba enfadado.

—Yo no soy tu padre —le dijo entre dientes.

—Para mí, eres completamente igual.

Ryan sacudió la cabeza y puso los brazos en jarras.

—Y siempre lo he sido, ¿verdad? Estabas esperando a que cometiese un error para poder echármelo en cara. Si quieres jugar esa carta, no puedo impedírtelo, pero sabes muy bien que soy un hombre de palabra, Piper, y que, cuando digo que voy a volver, es porque voy a volver. Tú verás lo que quieres hacer con la información.

—Tienes razón, pero ¿para cuánto tiempo vas a volver, Ryan? No puedo culparte de que te guste el rodeo. Ni puedo culparte de que quieras ayudar a un amigo, pero sí de haberme prometido que ibas a quedarte aquí y que ibas a ser feliz cuando no lo eres. Puedo culparte de haber convertido nuestra relación en algo con lo que jamás habría podido soñar y de haberme hecho el amor.

Piper hizo una pausa y se limpió las mejillas húmedas.

–Yo te quiero, Ryan, pero no puedo esperar a que decidas si quieres quedarte aquí o no. No puedo dejar mi trabajo, a mis amigos, y esperar a que tú decidas lo que quieres realmente, porque estoy convencida de que no lo sabes.

–Sí que lo sé, pelirroja.

Ella sonrió.

–Lo sabes, pero no lo puedes tener todo, así que vas a tener que elegir.

Él guardó silencio.

Piper se pasó la mano por el pelo y asintió.

–No pasa nada. No hace falta que lo digas. Recogeré mis cosas y me marcharé. Llama a Joe.

No esperó a que Ryan respondiese, pero mientras iba hacia el dormitorio, tuvo la esperanza de que él la llamaría.

Pero la casa siguió en silencio.

Capítulo Quince

Aquel día el trabajo no había ido tan mal como los anteriores y Piper pensó que al menos había algo positivo en su vida.

Alex todavía no había recuperado la memoria. La reforma de su casa estaba parada porque había estado pasando mucho tiempo con Ryan.

Ryan. Se sentía mal solo con pensar en él, pero supo que no podía recrearse en su dolor. Siempre había sabido que podía marcharse, sabía que era la vida que le gustaba.

Quedarse en Royal y montar una escuela era una idea fantástica, pero lo cierto era que Ryan todavía no estaba preparado para colgar las botas.

Piper no sabía si seguiría disponible cuando él decidiese volver a Royal. ¿Iba a quedarse esperándolo?

Nunca había tenido una relación tan íntima con nadie, pero, si Ryan decidía vender el rancho y no volver, sobreviviría. Sufriría mucho, pero sobreviviría.

Se acercó a su casa y suspiró al ver un coche que no conocía. Un todoterreno muy nuevo que estaba aparcado justo delante de la puerta de su garaje. Con el dinero que valía aquel coche, ella habría podido terminar de reformar la casa.

Pensó que al menos el tejado, la cocina y el baño de la casa estaban terminados, y el aire acondicionado volvía a funcionar. En el interior solo faltaba el salón, para el que estaba ahorrando poco a poco.

Tomó el bolso del asiento del copiloto y se dijo que eso era lo que tenía que hacer, pensar a largo plazo, en su vida en aquella casa que siempre le había encantado, y no en Ryan.

De repente, vio que había un hombre sentado en el balancín del porche.

Y no se trataba de un hombre cualquiera. Era Walker Kindred, su padre.

Subió los escalones muy recta y lo vio ponerse en pie y mirarla en silencio.

–Estás preciosa –le dijo por fin.

Ella se quedó inmóvil en el último escalón.

–No esperaba que me dijeras eso.

Él sonrió.

–Lo cierto es que no sabía qué decir. Esperaba que se me ocurriese algo al llegar aquí.

Piper guardó silencio.

–No sabía a qué hora estarías en casa –continuó él, jugando con el sombrero blanco que se acababa de quitar–. Espero que no te importe que te haya esperado en el porche.

Piper asintió, incómoda. Era su padre, pero también era un extraño. No supo qué decirle, verlo había removido todo su dolor.

Walker sacudió la cabeza.

—Me alegro de verte, Piper Jane. No me acordaba de que ya eras toda una mujer.

—¿Qué estás haciendo aquí? —le preguntó ella, cruzándose de brazos.

Él dio un paso al frente.

—He venido a verte. Tengo que hablar contigo.

—Está bien, entra —le respondió—. Estoy reformando la casa, así que ten cuidado en el salón, seguro que hay herramientas por el medio.

Abrió la puerta y le hizo un gesto para que entrase.

—Si lo prefieres, podemos ir a la cocina. Veré qué tengo de comida, si tienes hambre.

Walker se quedó en el salón y negó con la cabeza.

—No quiero molestarte, pero podemos hablar donde tú quieras.

Fueron a la cocina y Piper sacó una botella de agua de la nevera. Necesitaba hacer algo con las manos porque le estaban temblando, igual que en la cocina de Ryan unos días antes.

—¿Quieres? —le preguntó a su padre.

—No, gracias.

Ella abrió la botella y le dio un sorbo. En realidad necesitaba una cerveza, pero se la tomaría cuando su padre se hubiese marchado. Al día siguiente no tenía que trabajar, así que esa noche se iba a emborrachar.

—Siento haber venido sin avisar. Necesitaba

decirte que no llevé bien el tema del divorcio y que tampoco fui un buen padre.

Ella apretó los labios y asintió.

—Estaba tan centrado en ser popular, en estar en lo más alto, en ganar más dinero del que jamás podría gastar, que no me di cuenta de lo que de verdad era importante.

Piper apartó la mirada y pensó que era una cobarde. Durante años, habría dado cualquier cosa por oírle decir aquello a su padre, pero en esos momentos ya era una adulta y no le importaba tanto.

—¿Y por qué has venido ahora?
—Porque tengo cáncer.

Piper se alegró de estar apoyada en la encimera, si no, se habría caído al suelo. Dejó la botella a sus espaldas y se abrazó por la cintura. Tragó saliva y lo miró a los ojos.

—Dime que no te vas a morir ya.

Walker negó con la cabeza.

—No. De hecho, acabo de terminar con el último ciclo de quimioterapia y los médicos me han dicho que estoy bien.

Piper se sintió aliviada.

—Bien, entonces has venido porque...
—Porque, cuando me dijeron que tenía cáncer, me di cuenta inmediatamente de lo que había hecho con mi vida. Había en ella un vacío enorme: tu madre y tú.

Piper sintió que los ojos se le llenaban de lágrimas y se maldijo.

–Quise esperar a haber acabado con el tratamiento para venir a verte y rogarte que me dieras otra oportunidad. Sé que me he perdido unos años muy importantes, años que jamás recuperaré, pero lo único que puedo hacer es ser padre ahora.

Piper suspiró.

–No es sencillo. El dolor que he sentido desde que te marchaste para siempre sigue ahí, y no va a desaparecer solo porque me digas que has estado enfermo y has visto la luz.

–No estoy pidiendo un milagro –le dijo él–. Haré lo que me digas para intentar que recuperemos nuestra relación.

–¿Te estás alojando en Royal?

–Sí, en un hotel que hay justo a las afueras del pueblo –le contó él.

–No vamos a poder conocernos si te alojas en un hotel, así que será mejor que vengas aquí. Tengo una habitación libre y recién pintada.

Piper vio que a su padre se le humedecían los ojos.

–Me encantaría –respondió él–, pero no quiero que te sientas incómoda.

Piper se encogió de hombros.

–No te preocupes.

–¿Te he estropeado los planes de esta noche?

Ella se echó a reír.

–Sí, pensaba emborracharme. ¿Quieres acompañarme?

–Me encantaría, pero no puedo beber –respondió él sonriendo–. Aunque te haré compañía.

Piper se sintió bien. Tal vez pudiesen volver a conectar y tal vez su padre se quedase hasta después de las vacaciones. Tenerlo para el Día de Acción de Gracias sería todo un regalo.

Piper oyó un ruido fuerte y se levantó de la cama. Salió descalza al pasillo.

–¿Papá? –llamó.

–Estoy bien –respondió él–. Siento haberte despertado.

Ella siguió su voz y lo encontró en el salón, poniéndose de pie. Encendió la luz y le preguntó:

–¿Qué te ha pasado?

Walker se echó a reír.

–Estaba intentando llegar a la cocina para ir a por un vaso de agua y tomarme una pastilla.

–Ah, lo siento. ¿Te has hecho daño?

–He sufrido caídas mucho peores por mi trabajo.

Piper sonrió.

–Siéntate y yo te traeré el agua.

Fue a la cocina y pensó que una parte de ella se alegraba de tenerlo allí, pero otra veía con escepticismo que pudiesen tener una relación de padre e hija.

Le llevó el agua y él se tomó la pastilla.

–Siento haberte despertado.

-No pasa nada, de todos modos, últimamente no duermo bien.

-¿Tienes problemas?

-Nada importante.

-Sé que no tengo ningún derecho a entrometerme -le dijo su padre-, pero me encantaría escucharte si necesitas hablar.

Piper miró a su padre y se acordó de la noche en que le había abierto el corazón a Ryan.

-He cometido un estúpido error: me he enamorado.

Walker asintió, como si la comprendiese.

-Y después he cometido otro error todavía peor y he roto la relación -añadió Piper.

-¿Y eso?

-No soporto la decisión que ha tomado con respecto a su carrera profesional.

-¿A qué se dedica?

Ella lo miró a los ojos.

-Al rodeo.

Su padre se pasó una mano por la cara y sacudió la cabeza.

-La verdad, Piper, es que no sé qué decir. No tenía ni idea de que mis actos te iban a arruinar la vida.

-¿Por qué te marchaste? -le preguntó ella, con un nudo en la garganta-. ¿Por qué solo dabas señales de vida en mi cumpleaños y en Navidad?

-Porque fui egoísta. Le rogué a tu madre que viniese conmigo, le rogué que accediese a darte ella clases en vez de llevarte al colegio, pero fue egoísta por mi parte. Aunque me hubieseis acompañado, no os habría dedicado el tiempo y la atención que ambas os merecíais.

Piper se metió un mechón de pelo detrás de la oreja.

–Odio la respuesta, pero aprecio tu sinceridad.

–¿Y quién es el vaquero en cuestión? –le preguntó él.

Piper suspiró.

–Ryan Grant.

Walker sonrió de oreja a oreja.

–¿De verdad? ¿Tu amigo de la infancia? Era muy bueno, es una pena que se retirase del circuito. Iba a abrir una escuela de rodeo, ¿no?

–Sí, una escuela para niños –le contó ella–. Ya lo tiene casi todo preparado.

–¿Y volverá a casa para Acción de Gracias?

Piper se encogió de hombros.

–Sinceramente, no hemos hablado de eso.

–¿Te arrepientes de haber roto con él?

Piper sacudió la cabeza.

–En realidad, no lo sé. Ojalá no me hubiese enamorado... Ojalá él no se hubiese marchado sin pensar en mí... Y siento ser tan egoísta, pero es que lo quería, lo quería a él y quería la vida que teníamos por delante.

Walker le limpió una lágrima de la mejilla.

–Ningún hombre se merece que llores por él –le susurró–. Ni siquiera yo.

—Los dos os lo merecéis —lo contradijo ella.

Walker se acercó más, como si quisiera abrazarla, pero no lo hizo.

Ella tampoco se lo pidió. Hacía demasiado tiempo que no la abrazaba su padre, así que alargó los brazos y lo apretó con fuerza.

—Oh, Piper —murmuró Walker, envolviéndola con sus fuertes brazos—. Te he echado de menos.

Piper lloró. Lloró por la niña pequeña que no había conocido a su padre y lloró por la mujer que había roto con Ryan. Y lloró porque quería que aquello durase. Quería a su padre más de lo que había imaginado posible.

—Te quiero, Piper —le dijo él.

Ella apretó los ojos mientras las lágrimas corrían por sus mejillas.

—Y yo a ti, papá.

Capítulo Dieciséis

Solo una noche después del primer espectáculo, Ryan no se sentía bien. Aquella no era la vida que él quería y solo podía pensar en una persona.

Desde que se había marchado de Royal, no había podido dejar de preguntarse qué estaría haciendo Piper, cómo se sentiría y si podría perdonarlo alguna vez.

Solo tendría que aguantar siete semanas más. Antes tendría unos días de vacaciones, pero dudaba que Piper quisiera verlo.

Se sintió fatal. ¿Por qué no había insistido más en que lo acompañase? ¿Por qué no había hecho algo para demostrarle que era lo más importante para él?

En vez de luchar por ella, la había visto llorar y la había dejado salir de su vida.

¿Qué clase de hombre hacía eso?

Un hombre que no había pensado que podía perder a la mujer de sus sueños.

Todavía albergaba una mínima esperanza, pero no había tenido noticias suyas desde que se había marchado de Royal. Él tampoco la había llamado porque era un cobarde.

La idea de ser rechazado le aterraba.

Pero estaba allí e iba a terminar lo que había empezado. Y después regresaría a casa y no volvería a dejar sola a Piper nunca jamás.

En ese momento llamaron a la puerta, era Joe.

–Hay un montón de chicas guapas en el bar y yo estoy casado.

–Estoy bien aquí, te veré mañana.

Joe sacudió la cabeza y se echó a reír.

–Estás fatal, tío. ¿Por qué accediste a volver? Te veo infeliz.

–Yo no diría tanto. Hoy lo he hecho fatal, pero volveré a estar en forma mañana.

–Ryan, hace mucho tiempo que somos compañeros y nunca te había visto como hoy. Eso me dice que no estás donde tendrías que estar.

Ryan lo miró fijamente y luego se echó a reír.

–Creo que últimamente has visto demasiado la tele.

Joe se encogió de hombros.

–Tal vez no quiera ver que renuncias a algo importante solo por ganar un campeonato.

–No me importa ganar, solo quiero ayudarte –admitió él.

–Cuando te llamé, no me dijiste que hubieses encontrado tu sitio en Royal.

–Es cierto, volví con la idea de abrir una escuela, pero lo que encontré fue mucho más.

Se había enamorado. Estaba completamente loco por Piper Kindred.

–¿Quieres que me busque otro compañero? –le preguntó Joe sonriendo.

Ryan asintió.

–Quizás sea lo mejor, pero no te dejaré hasta que no hayas encontrado a alguien.

–Voy a echarte de menos, amigo, pero nunca te había visto tan triste haciendo algo que te encanta. Sea quien sea ella, debes de quererla mucho.

Ryan se echó a reír.

–¿Recuerdas a Walker Kindred, la estrella del rodeo cuando éramos niños? Pues estoy enamorado de su hija.

–¿No era tu amiga o algo así?

–Sí, pero ahora es la mujer con la que me voy a casar.

En cuanto cerró la puerta, Ryan se puso a planear la vuelta a Royal. Antes de volver con Piper tenía que hacer algo, algo que le demostrase que había vuelto para siempre y que quería estar con ella el resto de su vida.

Piper nunca había preparado una cena de Acción de Gracias porque siempre había estado sola, pero como en aquella ocasión estaba su padre, fue a hacer la compra. Walker había ido a ver a unos amigos, y ella estaba intentando abrir la puerta de la calle con las manos llenas de bolsas cuando esta se abrió sola.

–Ryan.

Él la ayudó con las bolsas.

–Pensé que no ibas a volver nunca –le dijo–. ¿Cuánta comida has comprado, pelirroja?

Ella se quedó en la puerta, con las llaves en la mano, mirando al hombre al que había pensado que no volvería a ver al menos en dos meses más.

–¿Qué estás haciendo aquí? –le preguntó–. ¿Estás herido?

–Lo cierto es que sí.

Ella lo recorrió con la mirada.

–Pues yo te veo… –«guapísimo», pensó– bien.

–Tengo el corazón roto, pelirroja. Me lo rompiste tú.

A Piper se le llenaron los ojos de lágrimas.

–En realidad, fuiste tú quien se marchó.

–Es cierto, pero también es verdad que he sufrido mucho, pelirroja.

–¿Y el circuito? ¿Has venido a pasar el Día de Acción de Gracias?

Él le limpió las mejillas y negó con la cabeza.

–He venido a quedarme, si me aceptas.

–¿Y Joe y el campeonato?

–Ya se me ocurrirá algo –respondió él–. Tendré que pagar sus deudas.

Piper cerró los ojos.

–¿Por qué ahora, Ryan? ¿Por qué has vuelto?

–Porque no soy feliz sin ti y no he podido concentrarme en nada.

–Lo siento.

–No lo sientes, estás feliz –replicó él sonriendo–. Y yo no puedo estar sin ti, Piper.

–¿Y qué pasará cuando quieras marcharte otra vez? –le preguntó ella con los ojos brillantes–. ¿Cuando necesites vivir otra aventura o cuando alguien te necesite?

–Para empezar, estar contigo es suficiente aventura y, para continuar, la única persona que me necesita eres tú.

Piper abrió la boca, pero él le puso un dedo en los labios.

–Y yo también te necesito a ti –añadió–. Por favor, dime que me perdonas o, al menos, que lo pensarás.

Piper sonrió.

–Me encanta verte sufrir, pero voy a ser buena.

–¿Significa eso que me quieres?

Ella lo abrazó con fuerza por la cintura.

–Significa que, si intentas marcharte otra vez, te castraré.

Ryan la tomó en volandas, la hizo girar y la besó.

–Esto… tal vez deba volver luego.

Piper se sobresaltó al oír a su padre.

–¿Piper? –preguntó Ryan, mirándolos a ambos.

–Han pasado muchas cosas en tu ausencia.

Walker alargó la mano hacia Ryan.

–Bueno, pues, a juzgar por lo que he visto y he oído, bienvenido a la familia.

Piper y Ryan se echaron a reír.

—Todavía no me ha pedido que me case con él, papá.

Ryan le dio la mano a Walker.

—No, todavía no lo he hecho, pero tengo que hacerlo ahora mismo —añadió, sacándose una caja pequeña del bolsillo.

Piper miró boquiabierta el sencillo anillo de diamantes.

—Te he querido desde que me diste el puñetazo en la nariz. Nunca he conocido a nadie como tú y, aunque sé que no merezco tu amor, quiero que te cases conmigo.

Ella miró a su padre por el rabillo del ojo y lo vio retroceder.

—Es un anillo sencillo porque sé que trabajas mucho con las manos, pero podemos cambiarlo si no te gusta —le explicó Ryan, poniéndoselo en el dedo.

—Es perfecto —le dijo ella.

Miró el anillo y no pudo evitar llorar y sonreír a la vez.

—Veo que estabas muy seguro de ti mismo, vaquero —comentó.

—No, estaba como un flan.

Piper lo abrazó con fuerza, y le susurró al oído:

—Te quiero. Y te lo demostraré cuando mi padre no esté delante.

—¿Por qué no lo mandas a por algo a la tienda? —respondió él, también en voz baja.

—Está bien, soy viejo, pero no estoy sordo. Veo que necesitáis estar a solas. Me voy... fuera.

Piper se echó a reír.

—No, papá, quédate. Me encanta estar con los dos hombres más importantes de mi vida. Además, así me ayudaréis a preparar la cena de mañana.

Ryan retrocedió y se remangó la camisa.

—Estás de suerte, pelirroja. Solía ayudar a mi madre en la cocina y la cena de Acción de Gracias era su especialidad.

Mientras cocinaban, Ryan le contó a Walker por qué había vuelto al circuito.

—Yo le daré el dinero que necesita —se ofreció Walker.

—¿Qué? —preguntó Piper sorprendida.

—Tengo tanto dinero que no sé qué hacer con él —admitió su padre.

Piper miró a Ryan y después a su padre.

—Vaya, eso es estupendo, papá.

Ryan asintió.

—Si lo dices en serio, Walker, podemos darle la mitad cada uno, pero no es necesario, de verdad.

—Quiero hacerlo —insistió Walker—. No sabéis cómo me alegro de haber vuelto a casa.

Piper atravesó la cocina y abrazó a su padre.

—Yo también me alegro de que hayas vuelto —le dijo—. Va a ser el mejor Día de Acción de Gracias de toda mi vida.

Capítulo Diecisiete

Ryan cerró con llave la puerta de la habitación.

No sabía qué le había sorprendido más al llegar, el hecho de que Piper hubiese accedido a casarse con él, o que su padre hubiese vuelto a casa.

Él habría dado cualquier cosa por que sus padres también estuviesen allí.

Piper salió del baño vestida con un camisón negro, corto y escotado.

–He echado mucho de menos tu lencería –le dijo él.

Piper se echó a reír.

–¿Solo mi lencería?

–En realidad, lo he echado todo de menos –admitió él, empezando a desabrocharse la camisa–. No quiero que volvamos a separarnos nunca más.

Ella lo miró a los ojos.

–En eso estamos de acuerdo. Estaba fatal cuando llegó mi padre, pero ahora que os tengo a los dos aquí, no puedo pedir más.

–Me sorprende que te sientas tan cómoda con él.

–Tiene cáncer.

–Dios mío, Piper. ¿Y está bien? ¿Cómo estás tú?

–Los dos estamos bien, pero me he dado cuenta de que tenía una segunda oportunidad con él y he decidido aprovecharla.

–Me alegra mucho que estuvieses tan dispuesta a dar segundas oportunidades –comentó Ryan.

Ella sonrió.

–Ya no soy tan dura como solía. Supongo que por culpa del amor.

Ryan la abrazó por la cintura.

–Dilo otra vez. No me canso de oírte decir que me quieres.

–Te quiero, Ryan. Te quiero tanto que me quedé completamente destrozada cuando te marchaste.

–Será mejor que miremos hacia delante –le dijo él, mordisqueándole los labios–. Vamos a fingir que no me comporté como un idiota, ¿de acuerdo? Tenemos que empezar a planear la boda.

Le bajó los tirantes del camisón.

–Me encanta cómo te vistes para mí y me encanta quitarte la ropa –añadió.

Luego tiró de la prenda hasta que cayó al suelo.

–Me vuelves loco, Piper –continuó Ryan, mirándola de arriba abajo–. Sin ti no soy nada.

–Demuéstramelo –le pidió ella.

Ambos se tumbaron en la cama, Ryan se puso encima, le separó las piernas y se colocó entre ellas.

—Mírame —susurró mientras entraba en ella—. Mírame, míranos siempre.

Ella lo miró a los ojos y Ryan sintió que su amor, su fuerza, le llegaban al corazón.

Empezó a moverse y la besó en los labios, bajó por la garganta y tomó con la boca un pezón erguido.

Piper empezó a mover las caderas más rápidamente y Ryan levantó la cabeza.

—Tienes mucha prisa.

—Y tú no te estás moviendo muy despacio —replicó ella.

Ryan sonrió, dedicó toda la atención a su otro pecho, y, cuando notó que sus músculos internos se contraían a su alrededor, supo que estaba muy cerca.

Entonces metió la mano entre sus cuerpos y la acarició. Piper se quedó inmóvil, todo su cuerpo se tensó y poco después gritó su nombre.

Ryan se relajó entonces y llegó al clímax también, pensando que aquel era el comienzo de la mejor época de su vida.

Cuando ambos dejaron de temblar, Ryan se dejó caer encima de ella y le susurró con amor al oído:

—Te quiero.

Después de un breve silencio, cambió de postura para no aplastarla y añadió:

–¿Vamos a hacer una boda por todo lo alto? Imagino que todos nuestros amigos querrán venir.

Piper entrelazó los dedos con los suyos y le contestó:

–Yo nunca he querido una gran boda, pero supongo que tenemos que invitar a todo el mundo.

–Como tú quieras, Piper. Si quieres que nos casemos en Las Vegas, nos iremos esta misma noche. Si quieres planear una boda aquí, la planearemos.

Ella frunció el ceño, pensativa, pero no tardó en esbozar una sonrisa.

–Me gustaría tener una boda de verdad –le dijo–. Pero que sea algo sencillo. Podríamos casarnos en tu rancho. Al aire libre, con nuestros amigos.

–Me parece bien –respondió Ryan sonriendo.

–Y quiero que mi padre me lleve del brazo –añadió ella.

Ryan asintió.

–Lo va a hacer encantado.

Piper suspiró y se acurrucó contra él.

–Ha llegado en el momento oportuno, y tenía que haber una razón.

Ryan la abrazó con fuerza. No había nada en el mundo que lo satisficiese más que ver a Piper tan feliz.

–Jamás pensé que me casaría contigo –le susurró–. Siempre supe que te quería, pero no pensé que iba a conseguir conquistar tu corazón.

Ella lo miró.

–Por supuesto que conquistaste mi corazón, vaquero. Y ya tienes tu premio.

Ryan le dio un suave beso en la punta de la nariz.

–El mejor premio de mi vida.

No te pierdas *Unida a ti*,
de Kathie DeNosky, el próximo libro de la serie
CATTLEMAN'S CLUB: DESAPARECIDO.
Aquí tienes un adelanto...

Cuando Josh Gordon llegó a casa de su novia, solo quería hacerle el amor a Lori y, después, dormir. Había pasado un largo día trabajando en Gordon Construction y una noche aún más larga cenando con un cliente potencial que estaba dudando entre encargar un nuevo proyecto a Josh y a su hermano gemelo, Sam, o a la competencia.

Había estado bebiendo hasta conseguir que el otro hombre accediese a contratar los servicios de Gordon Construction. Y, con los sentidos embotados, decidió pasar la noche en casa de Lori, de donde tenía una llave y hasta donde podía ir caminando desde el restaurante.

Su relación era más física que emocional; ni Lori ni él querían más, y disfrutaban el uno del otro mientras durase la atracción.

A oscuras, atravesó el salón de Lori y se dirigió hacia el pasillo que llevaba hasta su habitación. Se aflojó la corbata y se quitó la chaqueta del traje mientras abría con cuidado la puerta del dormitorio, se deshizo del resto de la ropa, se metió en la cama y, sin pensárselo dos veces, abrazó a la mujer que había en ella y buscó sus labios para despertarla.

Le pareció oír que murmuraba algo un instante antes de empezar a devolverle el beso, pero no prestó atención. Estaba demasiado cautivado por ella. Lori nunca le había sabido tan dulce y el olor de su nuevo champú le hizo ansiar más de lo habitual hacerle el amor.

Lori lo estaba besando con tal pasión que Josh se quedó sin aliento. Era evidente que lo deseaba tanto como él a ella. No dudó en levantarle el camisón hasta la cintura y, sin romper el beso, le quitó la ropa interior y le separó las piernas.

Josh pensó que se le iba a salir el corazón del pecho mientras se colocaba encima de ella para penetrarla de un solo empellón. Se movió a un ritmo rápido y se maravilló de lo bien que se sentía en su interior y de la perfección con la que encajaban sus cuerpos, pero la pasión lo aturdió de tal manera que ofuscó completamente su razón y achacó la confusión a que había bebido demasiado vino en la cena.

Cuando notó que ella estaba a punto de llegar al clímax, la penetró todavía más profundamente. Unos segundos después terminaba en su interior y la oía gemir de placer.

—Oh, Mark, ha sido increíble.

Josh se quedó completamente inmóvil mientras intentaba asimilar lo que acababa de oír. La mujer con la que acababa de hacer el amor lo había llamado Mark. Y, por si eso fuera poco, lo había hecho con una voz que no era la de Lori.

¿Qué había hecho? ¿Dónde estaba Lori? ¿Y con quién acababa de hacer el amor?

Deseo

SEDUCCIÓN TOTAL

ANNE MARIE WINSTON

La última vez que la había visto, habían acabado en la cama. Dos años después, el soldado Wade Donelly tenía intención de repetir la experiencia de aquella maravillosa noche. Entonces Phoebe Merriman era una muchacha inocente, pero la intensidad de su deseo le había sorprendido. Con solo volver a mirarla a los ojos, Wade supo que ese deseo seguía vivo. El importante secreto que quería compartir con él tendría que esperar a que llegara la mañana. Ya había aguardado demasiado para volver a tenerla en sus brazos. Y ya no esperaría más.

*Solo fue necesaria una noche
para cambiar su vida para siempre*

¡YA EN TU PUNTO DE VENTA!

Acepte 2 de nuestras mejores novelas de amor GRATIS

¡Y reciba un regalo sorpresa!

Oferta especial de tiempo limitado

Rellene el cupón y envíelo a
Harlequin Reader Service®
3010 Walden Ave.
P.O. Box 1867
Buffalo, N.Y. 14240-1867

¡Sí! Por favor, envíenme 2 novelas de amor de Harlequin (1 Bianca® y 1 Deseo®) gratis, más el regalo sorpresa. Luego remítanme 4 novelas nuevas todos los meses, las cuales recibiré mucho antes de que aparezcan en librerías, y factúrenme al bajo precio de $3,24 cada una, más $0,25 por envío e impuesto de ventas, si corresponde*. Este es el precio total, y es un ahorro de casi el 20% sobre el precio de portada. !Una oferta excelente! Entiendo que el hecho de aceptar estos libros y el regalo no me obliga en forma alguna a la compra de libros adicionales. Y también que puedo devolver cualquier envío y cancelar en cualquier momento. Aún si decido no comprar ningún otro libro de Harlequin, los 2 libros gratis y el regalo sorpresa son míos para siempre.

416 LBN DU7N

Nombre y apellido   (Por favor, letra de molde)

Dirección   Apartamento No.

Ciudad   Estado   Zona postal

Esta oferta se limita a un pedido por hogar y no está disponible para los subscriptores actuales de Deseo® y Bianca®.
*Los términos y precios quedan sujetos a cambios sin aviso previo.
Impuestos de ventas aplican en N.Y.

SPN-03   ©2003 Harlequin Enterprises Limited

Bianca

Cuando los problemas vienen de dos en dos...

Tal vez Michael D'Angelo fuera la fuerza impulsora que había detrás de las exitosas galerías Archangel, pero eso no significaba que fuera perfecto... ¡había perdido su halo años atrás! Sin embargo, cuando una mujer atractiva apareció en París asegurando que él era el padre de unos gemelos, a Michael no le cupo la menor duda de que él no era responsable de aquel error.

La exaltada Eva Foster no se marcharía hasta que los gemelos que estaban a su cargo se reunieran con su padre. Pero resultó que la única persona que esperaba que pudiera ayudarla era la persona que se interponía en su camino.

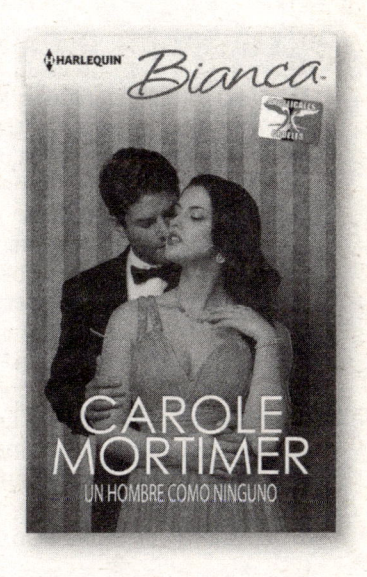

Un hombre como ninguno

Carole Mortimer

¡YA EN TU PUNTO DE VENTA!

Deseo

AMANTE HABITUAL

NATALIE ANDERSON

Tras una tórrida aventura que le había partido el corazón, Lena había cambiado y se había convertido en una mujer extremadamente buena. Se enorgullecía de su capacidad para contenerse, porque trabajaba con los jugadores de rugby más atractivos de Nueva Zelanda y, a pesar de ello, no caía en la tentación.

Tras pasar día tras día por el vestuario de los jugadores, Lena se había llegado a creer inmune a los abdominales más perfectos, hasta que Seth Walker entró en su vida y despertó a la seductora que había sido.

Él la estaba tentando para que fuera perversa

[5]

¡YA EN TU PUNTO DE VENTA!